黃鶴樓 황학루

옛사람 이미 황학을 타고 훌쩍 떠나니,　　　昔人已乘黃鶴去

이곳에는 덩그러니 황학만 남아 있다.　　　此地空餘黃鶴樓

황학은 한 번 가 다시 돌아오지 아니하고,　　黃鶴一去不復返

흰 구름만 천 년 동안 하릴없이 떠돈다.　　　白雲千載空悠悠

맑은 날 강 건너 한양 나무들 또렷한데,　　　晴川歷力漢陽樹

싱그러운 풀밭은 앵무새 섬을 덮고 있다.　　芳草萋萋鸚鵡洲

해가 저무는데 우리 고향 어디쯤 있을까.　　日暮鄕關何處是

물안개 강 위에 피어올라 나는 시름겹다.　　烟波江上使人愁

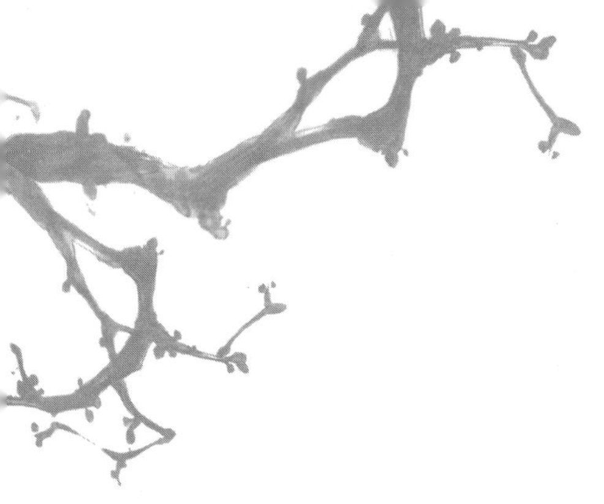

화산지어

김광수 新무협 장편 소설
FANTASTIC ORIENTAL HEROES

화산지애 5

김광수 新무협 장편 소설

초판 1쇄 찍은 날 § 2007년 12월 15일
초판 1쇄 펴낸 날 § 2007년 12월 20일

지은이 § 김광수
펴낸이 § 서경석

편집장 § 문혜영
편집책임 § 최하나
편집 § 이환진

펴낸곳 § 도서출판 청어람
등록번호 § 제1081-1-89호
등록일자 § 1999. 5. 31
어람번호 § 제2-1371호

주소 § 경기도 부천시 원미구 심곡1동 350-1 남성B/D 3F (우) 420-011
전화 § 032-656-4452 팩스 § 032-656-4453
http://www.chungeoram.com
E-mail § eoram99@chollian.net

ISBN 978-89-251-1081-3 04810
ISBN 978-89-251-0848-3 (세트)

화산지예

5

김광수 新무협 장편 소설
FANTASTIC ORIENTAL HEROES

도서출판 청어람

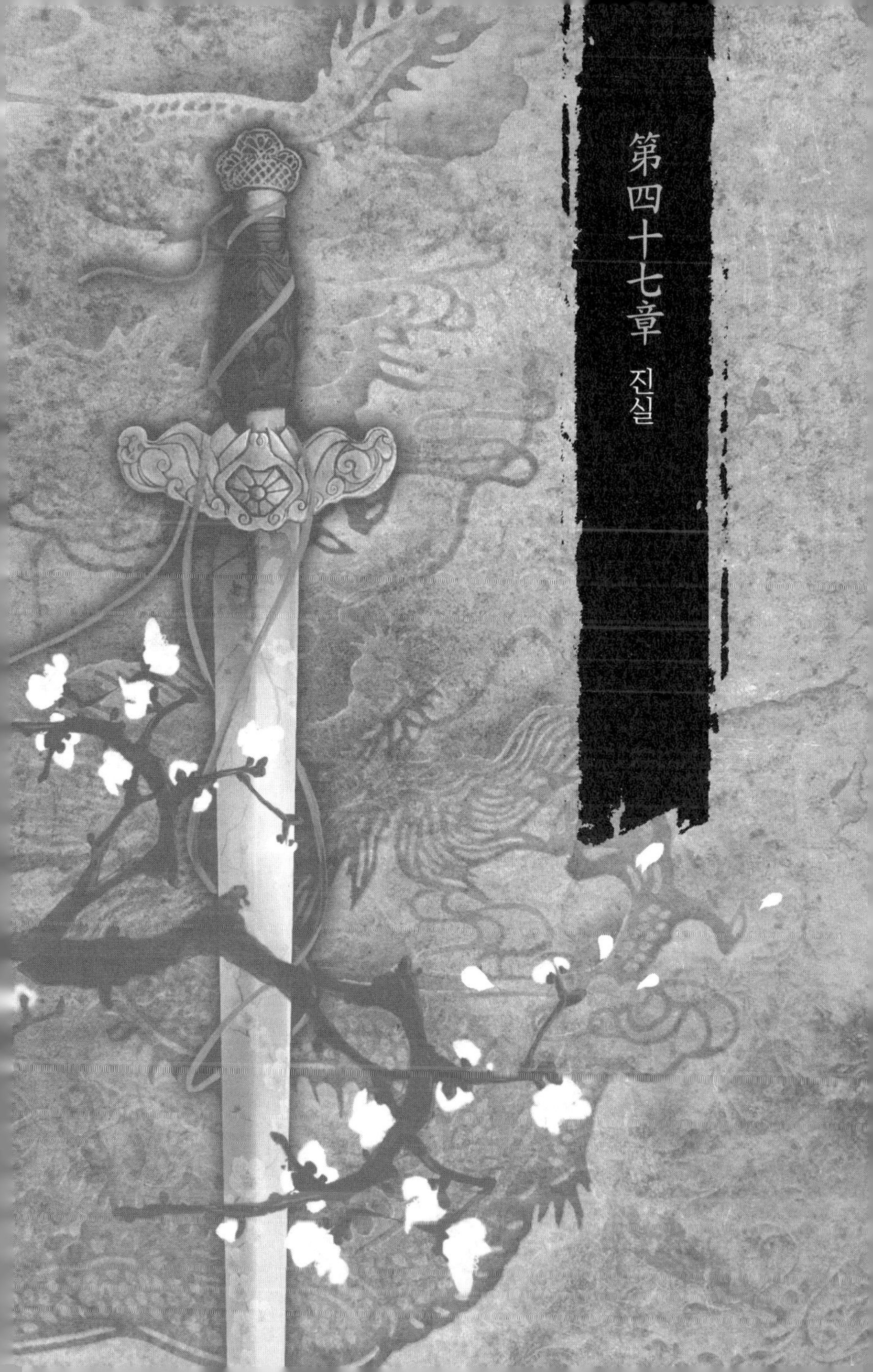
第四十七章 진실

쉐애애액.

바람을 가르는 시퍼런 검기.

살기는 없었다.

그러나 끌고 가던 양조령을 놓아야만 막을 수 있는 절묘한
공격.

씨익.

하지만 보였다

검의 허점이.

스릉.

빼어지는 철검.

빛처럼 빠른 발검이 놈의 투로를 막았다.

창!

"헛!"

맑은 검명의 울음과 놀란 비명.

턱.

일수를 교환한 놈이 가볍게 몸을 틀어 뒤로 물러났다.

깔끔한 공수의 전환.

고수였다.

'점창파 고수군.'

점창을 상징하는 회색빛 도복을 걸친 오십대 중반의 노도사.

나를 바라보는 두 눈에는 시퍼런 살기를 담고 있었다.

"그 손을 놓아라! 어찌 정파의 제자라는 자가 같은 정파 제자를 이리 대할 수 있단 말이더냐! 화산에서는 너를 이리 가르쳤느냐!"

다짜고짜 화를 내는 노도인.

손에 들린 고색창연한 검이 파르르 떨리고 있었다.

"이 무슨 짓인가!"

타닥.

점창의 고수 뒤로 무림맹에 거주하는 각파의 장로들이 속속 몸을 날려 왔다.

그들 모두의 눈에는 분노가 가득 담겨 있었다.

"자운 장로, 화산에서는 어떻게 이런 제자를 키운 것이오! 허어, 천 년 화산에 이런 망종의 제자가 있다니!"

자신의 제자가 오줌을 질질 흘리며 끌려 다니는 치욕을 당하자 눈에 보이는 것이 없는 점창의 도사.

그런 점창 도사의 말에 자운 진인은 입술을 굳게 닫고 나를 바라보았다.

왜 이런 짓을 했는지 말해 달라는 눈빛으로.

"무림맹 총군사 신기지일세. 수많은 무림 동도들 앞에서 이런 망측한 행동을 한 이유를 말해보게. 만약 그 이유가 합당하지 않다면 자네는 무림맹의 엄중한 규율로 처단될 것일세!"

파스스스.

신기자의 말과 함께 어느새 내 주변을 포위한 무림맹 장로들. 그들의 몸에서 가공할 기세가 느껴졌다.

이해가 가지 않을 것이었다.

갑작스럽게 멀쩡히 서 있는 영웅단 천풍조의 제자를 핍박한 내가 말이다.

더욱이 수만 무림인들이 내려다보고 있었다.

사칫 무림맹의 공적으로 몰려 목숨을 잃을 수도 있는 상황.

하지만 두렵지 않았다.

내 양심에 떳떳하였기에.

"여러 무림 선배들과 동도들 앞에서 송구한 모습을 보인 점 사과합니다. 하지만 이는 무림맹과 문파를 떠나 검을 든 무인이라면 생명으로 지켜야 할 명예와 신의의 문제입니다."

포권을 취하며 각파의 장로들과 호기심 어린 시선으로 바라보고 있는 수만 무림인들이 모두 들을 수 있도록 큰 소리로 외쳤다.

"그게 무슨 말인가? 지금 자네가 한 이 행동이 정당하다는 것을 강변하는 것인가?"

속을 알 수 없는 눈빛의 소유자, 신기자라 불리는 무림맹 총사.

제갈세가의 세가원 중에서도 가장 총명하고 지혜로운 자로 불리는 신기자 제갈담운.

그의 눈을 똑바로 보라보았다.

"그렇습니다. 사실 이 여인은 목숨이 끊어져도 할 말 없는 정파의 수치입니다! 점창은 그런 저를 핍박할 것이 아니라 칭찬을 해줘야 할 것입니다."

"무, 무슨 궤변이더냐! 감히 점창의 제자에게 해를 가한 네 놈의 행동을 정당화하려는 것이더냐!"

내 말에 발끈하는 점창의 장로급 인물.

얼굴이 대춧빛처럼 붉어져 있었다.

"그럼 여기 계신 선배들과 여러 무림 동도들에게 묻겠습니다. 한 사람의 운명을 걸고 한 무림인들 간의 맹세는 지켜져야 하는지요? 아니면 본능에 살아가는 개새끼들처럼 이익에 따라 그 약조가 깨져야 하는지요!"

싸늘한 눈빛으로 장로들과 그 뒤의 무림인들에게 물었다.

물론 모두 다 들을 수 있도록 내공을 섞어 말했다.

"……."

말의 의미를 몰라 서로의 얼굴을 바라보는 장로들.

"무림인의 맹세는 지켜야지!"

"암, 사파 놈들도 아닌 정파인들 간에 한 약조는 목숨으로 지켜야지. 그것이 무림인의 명예와 신의지!"

"어서 속히 사실을 얘기해 주시오!"

하지만 장로들과 달리 무림인들은 서로서로 입을 열며 흥미로운 사실을 파악하려 했다.

갑작스럽게 영웅단원들 사이에 내분이 일어나고, 그 뒤에 장로들까지 합세한 사건.

언제나 흥미로움에 굶주려 있는 무림인들에게 맛있는 요깃거리가 분명했다.

"큼, 그럼 자네가 감추어진 진실을 말해보게. 자네와 점창 제자 사이에 무슨 맹약이 있었는가?"

분위기를 파악한 신기자가 헛기침을 하며 입을 열었다.

수만 명의 눈길이 있어 감출 수 없는 현장.

제대로 판이 벌려졌다.

"얼마 전, 저 점창의 여제자는 인풍조에 대하여 모욕적인 언사를 퍼부었습니다. 같은 무림 정파 제자들임에도 가진 바 재주를 사사로이 자랑하며 부족한 실력의 인풍조원들을 무시하였습니다. 그때 인풍조를 이끌고 있는 조장 단소소 소저가 나섰고, 그리하여 점창의 여제자가 무림인의 이름으로 약속을 하였습니다."

하던 말을 멈추고는 그 당시 증인이 되겠다고 나섰던 천풍조원들을 바라보았다.

움찔.

내 시선에 움찔 놀라는 천풍조원들.

"어서 그 내용을 말해보시오!"

"답답하게 하지 말고 속히 말해주시오!"

귀를 쫑긋 세우고 있던 무림인들이 급한 성격을 드러냈다.

이에 신기자가 나서 재촉하였다.

"그 내용이 무엇인가?"

"직접 물어보십시오."

뭇사람들 앞에서 오줌을 지린 채 기절한 척 누워 있는 양조령을 눈빛으로 가리켰다.

부르르.

그 순간 몸을 떠는 양조령.

이미 그녀가 깨어 있다는 것을 알고 있었다.

"이, 이놈! 확실하지도 않은 사실로 우리를 우롱하려는 것이더냐! 만약 네놈의 말이 사실이 아니라면 너를 점창의 이름으로 가만두지 않겠다!"

점창의 고수가 다시 나섰다.

그리고 그 순간 싸늘한 살기가 장내에 감돌았다.

대놓고 살기를 드러내는 점창파 고수,

무림 원로가 취할 행동이 아니었다.

"아미타불. 영운 진인은 잠시 화를 거두어주시오. 이 일은 무림맹과 영웅단의 명예가 걸려 있는 일. 가벼이 처리할 일이 아닌 것 같소이다."

영운이라는 점창파 도사를 막아서는 소림사의 노승.

'백팔무왕 도원 선사.'

현 무림맹에서 가장 강한 실력으로 평가받는 소림사의 명예라 불리는 백팔무왕.

소림 칠십이종절예 중 무려 사십여 종을 극성으로 연공한 무공광이라 하였다.

그런 그가 앞으로 나섰다.

"말해보게, 그 진실을."

확연히 다른 도원 선사의 말의 무게.

오 척 단신의 작은 체구지만 맑게 가라앉은 두 눈은 그 깊이를 측량할 길이 없어 보였다.

"그 사실은 제가 말씀드리겠습니다."

장로들 사이를 파고드는 낭랑한 음성 하나.

단소소가 나섰다.

"단 조장이 사건의 핵심인물이니 속 시원하게 말하시오. 점창의 제자와 무슨 약속을 하였는가?"

"제 일로 인하여 소란스럽게 만든 점, 먼저 깊이 사과드립니다. 하지만 신의와 명예를 생명처럼 여겨야 할 정파의 제자라면 약속은 목숨으로 지켜야 함이 옳을 것입니다."

기죽지 않고 장로들과 뭇 무림인들의 시선을 받아내는 단소소.

연약한 모습과 달리 기백이 넘쳐흘렀다.

그런 단소소의 입으로 집중되는 수만 명의 시선.

그녀의 입이 천천히 열렸다.

"천풍조 소속 점창파 제자 양조령은 저에게 말하였습니다. 만약 인풍조가 삼재천변만환진의 합격진을 펼치지 못한다면, 실력이 없는 대가로 무림에서 영원히 사라지라고 하였습니다."

"……"

단소소의 처연함이 섞여 있는 잔잔한 목소리.

일순간 다들 입을 다물었다.

생각이 있는 자라면 양조령이 얼마나 무리한 요구를 하였는지 알 것이었다.

아직 피지도 못한 무림인에게 억지 약조를 받아낸 양조령.

"그리고 양조령은 스스로 약조하였습니다. 인풍조가 합격진을 펼친다면 제 가랑이 사이를 기겠다고 말입니다."

"음……."

말은 하는 사람과 분위기에 따라 그 맛이 천양지차로 나타난나.

그런 점에서 단소소의 언변과 표정은 가히 경지에 이르렀음이 드러났다.

힘없는 자의 처연함과 분개함, 그리고 사람의 마음을 움직이는 어투.

사람들의 표정이 싸늘하게 굳어져 갔다.

다들 바보가 아니었다.

"그 말이 사실인가!"

눈을 감고 아직도 기절한 척하는 양조령의 머리 위로 떨어지는 싸늘한 도원 선사의 일갈.

현 무림맹 최고 고수이자 배분인 도원 선사의 호통에 눈을 감고 있는 양조령의 얼굴은 창백하게 질려갔다.

"거, 거짓말이오. 어찌 내 제자가 그리 말을 하였겠소이까. 다 주둥이만 살아 있는 저 연놈들이 꾸민 일이오!"

아직도 상황 파악을 하지 못하는 영운 진인은 손가락질을 하며 나와 단소소를 가리켰다.

"그럼 물어보십시오. 저기 서 있는 천풍조원들이 증인이 될 것이라 스스로 말을 꺼내었습니다."

입가에 조소를 띠며 천풍조원들 중에서 그 당시 자리에 있던 몇몇을 가리켰다.

"음……."

내 손가락이 자신들을 가리킬 때마다 움찔거리는 구룡오봉의 기재들.

사람들의 시선이 내 손가락을 따라 그들에게로 옮겨져 갔다.

"그 말이 사실인가?"

무림에서 신망이 두터운 도원 선사의 물음.

"사, 사실입니다."

어쩔 수 없이 고개를 끄덕이며 답하는 자들.

"허어! 그런 말도 안 되는……."

"쯧쯧. 그래서 먼저 검을 날린 것이로군."

혀를 차는 각파의 장로들.

"약조를 지키게 하라!"

"아무리 점창의 제자라지만 너무하는구나!"

"가진 실력이 높다 하여 그리 같은 정파의 동도를 핍박하다니! 어서 가랑이 사이를 기게 만들어라!"

이에 반하여 사건의 전말을 파악한 무림 동도들은 불같이 화를 내었다.

그들 대부분 정파의 그늘에 가려 제대로 힘을 내지 못하는 무인들.

여태껏 참았던 울분이 한꺼번에 터지면서 사방에서 고함이 터져 나왔다.

"점창파는 신의도 모르는 문파인가!"

"우우우우! 약조를 지켜라! 오만한 점창이여!"

양조령을 떠나 점창에게 화살이 돌려졌다.

자칫 양조령 일인으로 인하여 대점창파의 위신이 땅에 떨어지는 순간.

장로들의 시선이 영운 진인에게 향하였다.

무언의 결단을 촉구하는 눈빛.

무림맹과 영웅단의 명예를 위해서라도 무언가 커다란 결단이 필요하였다.

'후후.'

스스로 만든 함정에 빠진 자들의 최후.

치분을 기다리는 양조령이나 눈을 감고 울분을 삭히는 영운 진인의 모습은 참으로 볼 만하였다.

아마 점창의 문하가 되어서 처음 겪는 수모일 것이다.

"조, 조령이는 약조를 지켜라."

그리고 잠시 후 영운 진인의 입에서 기라는 말이 나왔다.

또로록.

그 말과 함께 한줄기 눈물을 흘리는 양조령.

하지만 그 눈물조차도 가증스러웠다.

양심이 이미 새카맣게 탄 자가 이리 쉽게 참회할 리는 없었다.

"됐습니다. 같은 영웅단 소속 동료들끼리 그렇게 할 필요까지는 없다고 생각하옵니다."

그때 단소소가 어색하기 그지없는 상황을 깨뜨렸다.

"하지만 한 사람의 무인으로서의 운명을 그리 쉽게 논한 죄는 물어야 할 것이오! 사파와 신교 놈들이 정파를 노리고 있는 상황에서 사사로이 개인의 감정으로 무림의 의기천추를 상하게 한 죄. 가벼이 넘어갈 일이 아니오."

작달막한 체구로 사방을 호령하는 백팔무왕 도원 선사.

사리분별이 확실하였다.

"그렇습니다. 이 문제는 쉽게 해결할 사항이 아닌 것 같습니다. 장로회의에서 논하여 점창 제자 양조령의 죄를 물어야 할 것입니다."

신기자 제갈담운도 도원의 뜻에 따랐다.

"점창 제자들은 무얼 하느냐! 무림의 도의를 저버리고 사문의 명예를 실추시킨 죄인의 혈도를 점하고, 어서 점창관으로 데려가라!"

다른 이들이 더 말을 꺼내기 전에 점창 제자들에게 명을 내리는 영운 진인.

"명!"

그에 기다리고 있었다는 듯 달려와 양조령의 혈도를 점한 뒤 장포를 입혀 데려가는 점창의 제자들.

순식간에 뜨겁게 달아올랐던 승진장이 날씨만큼 차갑게 얼어붙었다.

'분명 저 화운룡이란 자는 무공을 상실한 것으로 알고 있는데……. 이 무슨 일이란 말이더냐.'

신기자 제갈담운도 예기치 못한 상황.

자칫 화운룡이라는 자와 인풍조로 인해 무림맹의 위신이 땅에 떨어질 처지였다.

거기에다가 대문파에 억하심정을 소유한 무림인들이 등을 돌릴 수도 있었다.

'일단 이곳에 모인 무림인들의 신경을 딴 곳으로 돌려야 한다. 그리고 저들은 나음에 처리한다.'

생각이 빠르게 정리된 신기자.

사방을 향하여 포권을 취하였다.

"잠시 소란이 있었습니다. 그러나 이 일은 차후에 무림맹에서 공정히 처리할 것이니, 이곳에 모인 동도 여러분께서는 다음 순서인 영웅단 비무대회를 관전하여 주시기 바랍니다. 시간이 많이 지체된 관계로 즉시 비무대회를 열겠습니다!"

웃음 띤 큰 목소리로 사방을 향해 외치는 신기자.

"영웅단원들은 비무를 준비하시오!"

"명!"

차자자작.

신기자 제갈담운의 명령에 황급히 몸을 날려 비무대회를 준비하는 영웅단원들.

"와아아! 비무대회다!"

"그래! 무림맹을 믿어야지."

"어서 시작하시오!"

영웅단원들이 멋들어진 신법을 펼쳐 시작할 준비를 하자 어느새 방금 전의 일은 잊고 환호하기에 바쁜 무림인들.

군중 심리에 흔들리는 갈대처럼 마음이 변하는 무림인들은 이제 새로이 다가올 흥밋거리에 온 신경을 빼앗겼다.

'저놈을! 으으……!'

오늘 점창의 명예를 땅바닥에 패대기친 화운룡이라는 자와 인풍조.

점창의 장로인 영운은 속으로 이를 갈며 화운룡을 노려보았다.

갈아 마셔도 시원찮을 놈이었다.

그런 놈이 영운 진인과 눈이 마주치자 씽긋 웃음을 날렸다.

'그래, 언제까지 네놈이 그리 여유로운 표정을 지을지 두고 보겠다. 감히 조령에게 그런 치욕을 안겨주다니!'

점창을 떠나 자신의 여인인 양조령에 대한 원한을 품는 영운.

사랑하는 이의 처참한 모습에 마음이 쓰려왔다.

이에 화운룡에 대한 살기 또한 더욱 강해졌다.

'무공을 회복했단 말인가?'

화운룡의 당당한 모습에 화산파 자운 진인은 머리가 복잡해졌다.

방금 전까지 합격진 안에서 죽거나 중상을 입을 것이라 예상했던 화운룡이 버젓이 서 있었다.

더욱이 살수는 아니었지만 점창 장로의 일격을 가볍게 막아낸 솜씨.

무공을 회복했음이 분명하였다.

‘서, 설마 진기를 갈무리하는 반박귀진의 경지에 이르렀단 말인가?’

하지만 그것도 말이 안 되었다.

이 년 전 화운룡이 맹에 도착했을 때 그를 일차적으로 진료한 이가 바로 자운이었다.

그 당시의 화운룡은 완벽히 내공을 상실한 중병자였다.

‘자광 사형에게 무언가를 전수받은 것이 틀림없다. 그렇지 않고서야 단시간에 저렇게 회복될 리가 없다.’

그렇게 결론을 내린 자운은 좀 더 화운룡을 지켜보기로 마음먹었다.

‘저, 저놈이!’

생각지도 못한 상황 전개에 영웅단 천풍조원들 중 몇몇은 정신이 아득해졌다.

지금껏 발바닥의 때만큼이나 무시했던 놈과 인풍조가 영웅단에서 살아남았다.

더욱이 화운룡이라는 자는 점창 장로의 일격까지 받아낼 정도로 내공을 회복한 상태.

앞으로의 일이 복잡하게 되었다.

‘분명 가공할 마공을 수련했을 것이다. 그렇지 않고서야 단시일 내에 저리 내공을 회복할 수는 없다.’

화산 제자 유장호는 비무대회를 준비하며 인풍조원들과 느긋하게 승전장 한쪽으로 물러나는 화운룡을 노려보았다.

생각지도 못한 변수.

그러나 이미 화운룡과는 돌이킬 수 없는 운명의 강을 건너 버린 상태.

반드시 화운룡을 무참히 짓밟을 것이라 다짐하였다.

화운룡은 이 시간부로 화산 청운회 제일 적이 될 것이다.

'재미있군.'

인풍조와 함께 승진장의 힌쪽으로 물러나며 수많은 시선을 느낄 수 있었다.

점창 영웅 진인의 갈아 마실 것 같은 살기의 눈초리와 화산 자운 진인의 놀람과 의문에 찬 시선.

시기와 질투, 그리고 살기 어린 시선들.

생각보다 적이 많았다.

'무림맹은 썩었다. 만약 다시 신교의 혈사가 분다면 이들은 단숨에 무너질 것이다.'

방금 전의 일이 한낱 작은 일로 치부될 수 있겠지만, 사실 그것은 그리 작은 일이 아니었다.

정파라는 이름으로 무림의 정의를 수호하는 단체가 명확한 일을 깨끗이 처리하지 못한 행동.

그것은 거대한 방죽에 난 작은 구멍이었다.

하나둘씩, 그렇게 자파 문인을 감싸며 눈 가리고 아웅 한다면 누가 검을 들어 적들을 막아 싸우겠는가.

씁쓸한 기분으로 어느새 동지가 된 인풍조와 함께 승전장의 구석에 자리를 잡았다.

"고마워요."

귓가에 들리는 단소소의 전음.

"약속은 지킬게요, 제 목숨을 다해서."

현명한 여인답게 대답도 확실했다.

"고맙습니다."

"그동안 실례가 많았습니다."

"오늘 감사했습니다."

단소소의 전음 뒤에 사방에서 인풍단원들이 포권을 취해 왔다.

"별말씀을요. 우리는 한 배를 탄 동료가 아닙니까."

"그렇게 말씀해 주시다니 송구할 따름입니다."

실력은 떨어질지언정 솔직한 인풍조원들.

무림맹에서 그나마 나은 이들이었다.

"그럼 여러 무림 동도들이 기다리던 영웅단 비무대회를 실시하겠습니다."

"와아아아!"

"멋진 모습 부탁드리오!"

어느새 부서진 결투장을 복구한 무림맹.

신기자 제갈담운이 만면에 웃음 띤 얼굴로 비무대회가 시작되었음을 선포하였다.

"신속한 결과를 위하여 열 개 조로 나누어 승자전의 방식을 택하겠습니다. 한 번의 승리자는 다음 승자조로 이동이 되고, 그 안에서 다시 다른 조의 승자와 비무를 진행할 것입니다. 그리고 같은 조에는 같은 문파의 제자들끼리의 오늘의 비무까지 금합니다. 이를 참주하여 관전하시면 감사하겠습니다."

꽤 공정하고 신중한 비무 방식이었다.

"그리고 이번 비무대회는 어디까지나 영웅단원들의 실력을 위한 비무였지만, 각파의 원로 분들과 급히 협의하여 여기에 참석하신 무림 동도들에게도 공평한 기회를 드리고자 새로운 방식을 취하기로 방금 결정하였습니다."

"뭣이여? 그럼 우리도 참가해도 된다는 말인가!"

"오오! 역시 무림맹!"

'제법 머리를 썼군.'

황제가 가뭄에 사나워진 민심을 달래기 위하여 구휼미를 푸는 것처럼, 오늘 보인 무림맹의 치부를 덮기 위하여 미끼를 던지는 신기사 이외의 무림맹 간부들.

세월을 제법 살아온 매운 생강들이었다.

"그렇습니다. 여러분들도 영웅단 비무에 참가하실 수 있습니다. 그리고 최종 십 인에 선발되면 무림맹에서 수년 동안 제조한 특별 영단인 천웅단을 하사할 것이며, 무림맹의 내단 고수로 초빙할 것입니다. 그렇게 내단 고수가 된다면 무림맹에 비축된 수천 가지의 무공들을 수련하실 수 있습니다."

"와아! 저, 정말이오!"

"크하하하! 무림맹에 오기를 잘했구먼."

"내단 고수라……. 크으으."

자신들의 실력으로는 분명히 이룰 수 없는 꿈이건만 내단 고수가 된 착각에 빠져드는 무림인들.

그런 그들의 모습을 각파의 장로들은 흐뭇한 미소를 지으며 바라보고 있었다.

'이것인 정치라는 것인가. 대단하군. 단숨에 무림인들의 마음을 휘어잡았어.'

"또한 신년을 맞이하여 실력이 어느 정도 인정되는 분들은 새로이 무림맹의 외단 소속 무림 수호 영웅들로 초빙할 생각이니 많은 관심 부탁드리겠습니다."

끝까지 달콤한 말로 사람들을 현혹하는 신기자.

"영웅단 비무에 응시할 수 있는 자격은 일 갑자 이상의 내공이면 됩니다. 진행 요원들이 승전장 입구에 쇠공을 가져다

놓을 것이니, 그것을 내공의 힘으로 옮겨놓으면 자격이 주어
집니다. 그리고 자신이 상대하고 싶은 영웅단원들을 지적하
면 바로 대결이 이루어질 것입니다.”

“으아아! 내가 먼저야!”

“거기, 새치기하지 마. 내가 먼저 왔어!”

우르르르.

일 갑자 이상의 고수들만 출전하라 하였건만 자신의 실력
도 모른 채 심사장으로 몰려가는 무림인들.

그들의 수가 물경 천여 명에 이르렀다.

“속보이는 짓이군.”

“쳇. 일 갑자가 뉘 집 강아지 이름인가.”

인풍조원들 중에서도 일 갑자에 이르지 못한 자들이 있었
다.

그런데 자격 조건을 일 갑자로 규정한 신기자.

몰려든 천여 명의 무림인들 중에서 수십 명이나 나오면 다
행이었다.

“우리 인풍조에서는 누가 나갈 건가요?”

삼재천변만환진을 완성했지만 그것이 자신들의 힘이 아니
라는 것을 알고 있는 인풍조원들.

영웅단 비무대회도 자신들에게는 그림의 떡에 불과하다는
것을 스스로가 잘 알고 있었던 것이다.

자칫 비무대회에 참가했다가는 인풍조에 묘한 원한을 품고 있는 천풍조나 지풍조에 보기 좋게 널브러질 것을 이들은 본능적으로 알 것이다.

구르르르르르.

신기자의 말이 떨어지기 무섭게 무림맹 진행 요원들이 이십여 개의 쇠공을 굴리며 승전장 입구로 나왔다.

능히 수백 근은 나갈 검은 쇠공.

보는 이로 하여금 질리게 만들 정도였다.

"인풍조에서는 참가할 조원이 없소이까?"

인풍조들 앞으로 다가온 중년의 진행 요원.

손에 인명부를 들고 서서 인풍조원들을 무시하고 있었다.

"……."

하지만 꿀 먹은 벙어리처럼 말이 없는 인풍조원들.

중년의 진행 요원은 그런 인풍조원들에게 비웃음의 눈길을 보내었다.

"여기 있소."

조용히 입을 열었다.

그러자 놀란 표정으로 바라보는 진행 요원.

"화산 속가제자 화운룡. 참가를 신청하는 바이오."

"화산 속가제자?"

속가제자라는 말에 다시 비웃음을 담는 진행 요원.

무림맹의 대소사를 관장하는 총관부 소속의 오만함이 그대로 드러났다.

"더 물을 말 있소?"

그자의 눈을 차갑게 바라보며 살짝 내기를 뿌렸다.

"아, 아니오."

그러자 화들짝 놀라며 황급히 인명부에 내 이름을 적는 진행 요원.

다른 이들은 들어볼 것도 없다는 듯 황급히 자리를 떠났다.

"괜찮겠어요?"

아직 내 실력을 정확히 파악 못한 단소소의 걱정스런 눈빛.

"천풍조 놈들이 노리고 있을 것인데……."

다른 인풍조원들도 걱정스러운 눈빛을 보내었다.

하지만 굳이 대꾸하지 않았다.

주먹은 말이 아닌 현실이기에.

"황보세가의 황보담현이라 하오. 저에게 가르침을 주실 무림 형제를 기다립니다."

드디어 시작된 영웅단 비무대회. 아니, 이제는 무림맹에서 주최한 무림 비무대회가 되어버린 승전장.

십여 곳에서 각파 장로들과 무림맹 고수들을 증인 삼아 비무내회가 시작됐다.

그리고 내가 배당받은 조에서 첫 출전자가 나왔다.

백학이 날개를 접는 모양처럼 멋진 백학량시 신법으로 자리를 잡은 황보담현.

한 자루 장검을 들고 당당히 자리를 잡은 그의 모습에서는 무림 오대세가의 자제다운 여유가 흘렀다.

'아주 치밀하군.'

오늘 갑작스럽게 결정된 사항이건만 일사불란하게 처리되는 비무 상황.

아직도 수백 명의 일반 무림인이 관문을 통과하기 위하여 힘을 쓰고 있었지만 실력있는 자들은 이미 대부분 통과하여 줄을 선 상태였다.

'웃기군. 나이 제한도 풀어버리다니. 후후, 힘을 축적하겠다는 소리인가?'

영웅단원들은 입단시 모두 이십오 세 이전의 기재들.

그런 영웅단원들과 무림에서 잔뼈가 굵은 고수들이 맞붙을 수도 있는 상황.

무언가 다른 꿍꿍이가 있음이 분명했다.

"하하. 내가 황보세가의 검을 견식하겠소이다."

휙.

사나이다운 웃음을 터뜨리며 한 남자가 가볍게 일학충소의 수법으로 십여 장 방원이 그려진 비무장에 떨어져 내렸다.

"천뢰일권 양중목!"

"초, 초장부터 천뢰일권이라니……."

눈의 호사를 누리기 위해 무림인들은 우르르 몰려다니며 고수들 간의 결투를 감상하였다.

진전이 막혀 있는 하수들에게 한줄기 깨달음을 줄 수 있는 고수들 간의 결전.

아마 몇 년 안에 이런 기회는 없을 것이었다.

'천뢰일권이라면 광동에서 이름을 날리는 권법의 대가가 아닌가.'

나도 익히 들어 알고 있는 천뢰일권 양중목.

삼십대 후반의 나이에 추운 날씨임에도 가벼운 여름철 복장으로 나타난 양중목.

그가 나타나자 황보담현이 포권을 취했다. 아무리 황보세가라 하더라도 무림에서 무림명을 얻은 선배에게 먼저 예를 올려야 했다.

"천뢰일권 양 대협을 뵙게 되어 영광입니다."

"클클, 무슨 영광씩이나. 좋은 한 판 비무를 기대하겠네."

화끈한 성격의 소유자인 양중목.

말을 짧게 끊었다.

"아미파의 청연이라 합니다. 이 비무는 정파 비무 규칙에 따라 살상을 금합니다. 그 점을 참조하시고, 그럼 좋은 비무를 부탁드립니다.”

나름대로 신경전을 벌이는 두 사람에게 다가온 아미파 여승.

무림맹의 원로들이 열 개 조의 비무를 주관하였다.

‘청연……. 송혜화의 사부.’

이 년 전 내 생명을 구해주었던 아미파의 고승.

단아하게 미소 짓고 있는 모습이 사십대 중반의 미부처럼 보였다.

“알겠습니다. 클클, 그럼 이 선배가 한 수 양보를 하겠네. 황보세가의 젊은 영웅은 마음껏 공격해 보게.”

청연에게 짧게 포권을 취하고 자세를 잡아가는 양중목.

천뢰일권이라는 무림명이 허명이 아님을 보여주듯 자세를 잡아가는 그의 몸에서 뇌기의 기운이 흘러나왔다.

창!

“선배님의 한 수 가르침을 청합니다!”

검을 빼어 들고 청연과 양중목에게 가볍게 포권을 취한 황보담현.

곧 양중목에게 검을 겨누었다.

그 순간 싸늘한 기운이 결투장 주변을 맴돌았다.

‘호오, 오대세가라는 이름이 허명은 아니군.’

신교 발호 이후로 구파일방과 어깨를 나란히 하는 천하 오대세가.

검을 치켜 든 황보담현에게서 싸늘한 예기가 흘러나왔다.

"타앗!"

그리고 짧은 기합성을 내며 검과 함께 몸을 날리는 황보담현.

쇄애애애액.

바람을 가르는 검.

어느새 주인의 의지를 담아 정중앙으로 파고들었다.

예의에 대한 예의.

선배가 허락한 한 수에 퇴로가 훤히 드러나는 일수를 사용하는 황보담현.

"차앗!"

자신의 배를 향해 찔러오는 검을 향해 일강대성을 지르는 천뢰일권 양중목.

'권기!'

검기에 맞서는 권기.

타당!

권과 검이 부딪쳤다.

그리고 울리는 청아한 맑은 소리.

파바밧.

가볍게 일격을 교환한 두 사람.

반탄지기를 이용하여 뒤로 삼 장여 물러서더니 다시 달려나갔다.

쉬리리리릭.

우르르르릉.

"어헛! 오행십팔반검이다!"

"천뢰일권이다!"

검의 흐름에 따라 오행의 기운을 담는다는 황보세가의 절기인 오행십팔반검.

그에 맞서는 하늘의 뇌성, 천뢰일권의 일격.

새파란 검기가 수십 개의 실초와 환초를 만들며 양중목을 베어갔고, 그에 맞서 양중목의 권에서는 벼락같은 뇌기가 흘러나왔다.

퍼버버벙!

처음의 일수 교환과는 비교할 수 없는 강력한 수법의 교환.

파라라라락.

가문과 무림명을 놓고 벌이는 한 판 승부였기에 양보가 없었다.

그리고 두 사람은 곧 서로를 잡아먹으려 하는 맹수처럼 허공에서 뒤엉켜 붙었다.

"우와!"

"대단하다!"

하수들의 부러운 시선을 한 몸에 받으며.

'황보세가의 저력이 대단하군. 아무리 천풍조원이라 해도 무림에서 쟁쟁하게 활동한 양중목을 쩔쩔매게 만들다니.'

순식간에 수십 초의 대결이 지나갔고, 그 상황에서 나는 읽을 수 있었다.

황보세가의 검이 양중목의 권보다 매섭다는 것을.

'오대세가의 숨은 힘은 세상 사람들이 아는 것보다 더 깊고 클 수 있다.'

하나를 알고 둘과 셋을 짐작해서 대비를 하라 하였다.

오대세가를 좀 더 눈여겨볼 필요가 있었다.

"오행탄성!"

"천붕뢰격!"

마지막을 향해 달려가는 두 비무자.

허공으로 치솟았다.

그리고 서로를 향해 날리는 마지막 일격.

생사대적을 눈앞에 둔 사람처럼 일초의 양보도 없는 상황.

세밀하고 빠른 검이 하늘의 유성처럼 양중목을 향해 쏟아졌다.

그에 맞서 양중목의 두 주먹에서는 금빛 뇌기가 몰아쳐 나왔다.

퍼버버버벙!

“큭!”

길게 울리는 검기와 권기의 충격음.

그리고 짧은 비명.

터더더덕.

“서, 선배님의 양보에 감사합니다.”

툭.

“이, 이럴 수가……!”

온전하게 바닥에 착지한 황보담현이 숨을 몰아쉬며 포권을 취했다.

그에 반하여 한쪽 무릎이 바닥에 꿇려지고 십여 개로 갈라진 앞섶 사이로 끈적끈적한 피를 흘리는 양중목.

허탈한 음성으로 자신의 몰골을 멍하니 내려다보고 있었다.

“와아아! 황보세가의 자제가 천뢰일권을 이겼다!”

“방금 봤지? 유성처럼 흘러내리는 그 검기 다발을 말이야.”

“유성다검! 그래, 유성다검으로 불리면 좋겠군!”

무림에서 불리는 공적인 이름, 무림명.

천뢰일권이라 불리는 한 무림인이 씁쓸히 무림의 뒷전으로 물러나고 새로운 영웅이 탄생하였다.

패자는 말이 없는 곳.

이곳이 바로 무림이었다.

"황보세가의 황보담현 공자의 승리입니다. 다음 비무자는 올라오십시오."

안타까운 눈으로 쓸쓸히 퇴장하는 천뢰일권 양중목을 바라보는 청연 사태.

다른 구대문파 장로들과 확연히 구분되는 따스한 성품이 느껴졌다.

하지만 강호는 무정한 곳.

무림 영웅을 꿈꾸며 새로운 이가 검을 들고 비무대에 나타났다.

그리고 시작된 영웅단 비무대회.

앞서거니 뒤서거니 패자와 승자가 갈려져 갔다.

스스스스.

거대한 동굴.

사람의 피를 태우는 듯 비릿한 혈향과 혈무가 가득한 동굴 안에는 백여 구가 넘는 관이 잠자고 있었다.

"이제 거의 다 완성됐습니까? 궁주께서 궁금해 하시고 계십니다."

"이제 한 달 후면 우리는 사파의 전설을 볼 수 있을 것이다. 내 자식들이 그때 깨어날 것이니. 크하하하하!"

혈향과 혈무가 짙은 거대한 동굴에 나타난 두 사람.

그중에서 광소를 터뜨리며 핏빛으로 물든 혈포 하나만을 걸친 외팔의 괴인.

장포 안으로 보이는 마른 육신에는 깊은 검상들이 빼곡히 그려져 있었다.

그런 괴인의 얼굴 또한 수많은 상처들이 지렁이처럼 꿈틀 거리고 있었다.

"역시! 유령귀왕이십니다."

"크흐흐흐. 나와 유령문을 박살 낸 정파 놈들을 용서할 수 없다. 무림에 아무런 해를 끼친 적이 없거늘, 단지 강시를 연구한다는 이유만으로 우리 유령문을 괴멸시킨 가증스러운 정파 놈들! 이 구유혈천강시로 정파 놈들의 씨를 말려 버릴 것이다!"

츠츠츠츠.

정파라는 이름이 나올 때마다 눈가에서 혈광이 비쳐 나왔다.

유령귀왕 귀염랑.

신교가 발호하기 전에 정파가 추진한 사파 정화 작전에 희생된 유령문의 문주이자 강호 오왕 중 한 명.

당시 유령문은 사이한 술법으로 강시를 제조하는 문파였지만 정파와 사파 사이에서 중도를 걸었다.

수련하는 무공이나 수법이 사파에 가까웠지만 유령문의 원류는 정파에 뿌리를 둔 의가였던 것이다.

그런 유령문은 유령귀왕이라는 무림 오왕을 배출하며 구대문파나 오대세가도 건드릴 수 없을 정도로 성장하였다.

또한 유령문은 사이한 문파명과 달리 강시 제조뿐만 아니라 의술에도 일가를 이루어 선업을 베풀던 문파.

정파 무림도 함부로 할 수 없었다.

그러던 어느 날 십여 구의 강시가 제남의 제검문이라는 정파 소속의 문파를 공격하는 사건이 발생했다

그리고 시작된 유령문 멸문지화.

당시 강시가 동원됐다는 이유만으로 유령문은 무림공적으로 몰렸고, 수많은 정파 무림인들의 협공을 당해 멸문지화를 당하였다.

하지만 유령문에서 무림을 재패할 이렇다 할 강시는 전혀 발견되지 않았다.

그저 의술에 사용되는 강시 수십여 구만 나왔을 뿐이었다.

그러나 이미 멸문지화를 당한 상황이었고, 이렇다 할 친분이 있는 문파가 없던 유령문의 억울함은 천하에 알려지지 않았다.

더욱이 멸문을 당한 뒤에 무림맹 조사단은 유령문이 사파와 손을 잡고 강시를 제조하였다고 발표하였다.

“크크크크, 가증스러운 위선자들. 네놈들은 보게 될 것이다. 살아 있는 구유혈천강시의 무서움을 말이야! 크하하하하 하하하!”

광기에 물든 유령귀왕 귀염랑.

그런 유령귀왕 옆에 서 있던 한 남자가 비웃음을 지었다.

‘바보 같은 놈. 흐흐흐.’

무언가 음모가 짙게 배어 있는 남자의 눈동자.

그러나 알 수 없는 것이 무림의 진실.

정파 무림을 향한 또 하나의 음모가 소리없이 이곳에서 익어 가고 있었다.

구유혈천강시라는 금지된 강시의 전설이 꿈틀거리며.

第四十八章 돌아온 난주신검

'이제 나타난 것이더냐. 크크.'

기다리고 있던 비무의 순서가 다가왔다.

세 번의 승리를 해야만 내일 결승전에 진출할 수 있었다.

그러나 내 목표는 무림 명성이나 천웅단 따위가 아니다.

지난 이 년간 나를 핍박한 자들에 대한 응분의 대가.

처절하게 갚아줄 것이었다.

"청성의 하염돈이라고 합니다. 저에게 한 수 가르침을 하사하실 분은 없으신지요!"

날렵한 체격의 청성 제자 하염돈.

그 새끼였다.

나에게 시비를 걸던.

"내가 가르침을 주리다!"

다른 자가 나갈 수 없도록 힘차게 소리쳤다.

그러자 나에게 고개를 돌리는 하염돈.

씨익.

나의 싱그러운 웃음에 찌그러지는 놈의 상판.

저벅저벅.

느긋하게 걸음을 옮겨 비무장으로 걸어갔다.

"인풍조의 화운룡이라 하오."

다른 이들이 문파명을 외치며 비무를 청하였지만 나는 인풍조원임을 당당히 밝히며 자리에 섰다.

"새끼, 뒈지고 싶냐?"

만면에 웃음을 지으면서도 입술을 달싹거리며 전음을 보내는 하염돈이라는 자.

"후후, 병신."

"뭐, 이 새끼가!"

전음을 보내면서도 입술을 파르르 떠는 하염돈.

"화 공자, 몸은 좀 어떻습니까?"

친절하게 내 상태를 물어봐 주는 청연.

그녀의 푸근한 미소에 절로 고개가 숙여졌다.

"보잘것없는 후배에 대하여 마음 써주심에 감사드립니다."

포권을 취하자 은은한 미소를 지으며 고개를 끄덕이는 청연 사태.

"그럼 멋진 비무를 부탁드립니다."

나와 하염돈을 바라보며 비무의 시작을 알려왔다.

"하염돈은 청성파에서도 강한 축에 드는 제자입니다. 특히, 청성괴검이라 불리는 만상귀일검법을 수련한 자입니다. 조심하세요."

단소소의 맑은 음성이 귓가를 울렸다.

"하하. 화산 속가제자에게 청성의 진산제자가 어찌 먼저 선공을 취하겠습니까. 삼 초를 양보해 드리겠습니다."

자신이 처한 상황도 모르고 대협의 풍모를 발산하는 쥐새끼.

가느다란 눈에 비웃음이 가득 담겨져 있었다.

'바보 같은 놈.'

삼재천변만환진의 중심축에 내가 있었다는 것과 점창의 양조령과 장로의 일수를 받아냈다는 사실을 깨달았다면 저리 오만방자하지 못할 것이었다.

그러나 아직 과거의 내 모습만 기억하고 있는 듯, 놈은 나에게 비웃음을 던졌다.

"그럼 삼 초의 선공을 먼저 취하겠습니다."

뭇사람들이 보고 있었다.

양조령과의 사건으로 모든 이들이 기억하고 있을 터. 굳이 악역을 맡고 싶지 않았다.

창!

청성파 진산제자를 상징하는 청강장검이 뽑혀졌다.

창!

화산 속가제자에게 하사되는 평범한 철검이 손에 잡혔다.

"불쌍한 새끼. 검에는 눈이 없다. 나를 원망하지 마라. 흐흐흐."

마지막까지 저승의 문턱을 스스로 두드리는 놈.

씨익.

차가운 미소를 날려주었다.

타다닥.

그리고 가볍게 자리를 박차며 검을 휘둘러 갔다.

하늘의 분노가 내리치는 태산압정의 무겁디무거운 일초가.

쩌정!

맑게 울리는 검의 비명.

얼굴이 가볍게 일그러지는 청성 제자 하염돈.

태산압정의 기초적인 일격에 실린 강맹한 일격.

'이놈이 무공을 회복했단 말인가! 아니, 무공을 회복해도 그렇지 이 정도로 강한 내공을 소유했단 말인가?

일반 속가제자와 달리 거의 일 갑자에 달하는 화운룡이라는 자의 일검.

가볍게 받아쳤다가 검을 떨어뜨릴 뻔하였다.

씨익.

그때 보이는 놈의 두 번째 웃음

명백한 비웃음이었다.

'이, 이놈이!'

하지만 내뱉은 말이 있기에 선공을 취할 수는 없었다.

휘이이익.

그리고 놈의 두 번째 검이 날아왔다.

횡으로 베어오는 횡소천군의 평범하기 그지없는 일초.

'헛!'

그렇지만 막상 눈앞에서 일초를 받아내는 하염돈은 느낄 수 있었다.

저 평범한 한 초에 엄청난 내기가 실려 있다는 것을.

쩌저저정!

“크윽!”

박살날 것처럼 놈의 검이 울었다.

그리고 들려오는 짧은 신음.

‘제법이군. 후후.’

물경 이 갑자에 이른 강맹한 일격을 놈이 받아냈다.

스스로 삼 초를 허락한 놈.

아마 지금쯤 뼈저리게 후회하고 있을 것이었다.

스윽.

검이 다시 어깨 위로 들려졌다.

부르르.

그와 동시에 손바닥이 찢어진 놈의 얼굴이 무참히 일그러지는 모습이 보였다.

스스스.

군림무연심공을 끌어올려 주변의 기운을 내 것으로 만들었다.

그리고 놈을 압박했다.

“하하. 마지막 삼초입니다. 이번 초식은 선인지로입니다.”

친절하게 신선이 손가락으로 일격을 가하는 모양의 초식인 선인지로의 일초를 말해주었다.

“이 초식을 받아내면 넌 죽을 것이다. 크크.”

입술도 움직이지 않고 전음을 날렸다.

파르르.

놈의 검끝이 심하게 떨려갔다.

그 순간에도 놈의 눈을 비웃음이 가득 담긴 시선으로 바라보았다.

흔들리는 놈의 눈동자.

갈등하고 있었다.

삼 초를 양보한다고 뭇사람들에게 말해놓고 비겁하게 도망갈 수도 없는 상황.

하지만 내 일격을 받아내면 죽을 수도 있다는 공포가 놈을 지배하고 있을 것이었다.

탓.

놈과의 거리는 삼 장.

한 걸음이 천천히 내딛어졌다.

그리고 놈에게 가해지는 압력은 배가되었다.

타닷.

두 번째 걸음이 옮겨졌다.

그와 함께 압력은 살기가 되어 놈을 짓눌러 갔다.

타다닷.

세 번째 걸음에 놈과의 거리는 일 장.

손에 들린 검에서 진한 살기가 놈의 심장을 향해 약 오른 독사처럼 날아갔다.

쉬이익.

평범한 선인지로의 일초가 펼쳐졌다.

아니, 무림 삼류무사도 막을 수 있을 정도로 느릿하게 뻗어나가는 검.

찢어질 정도로 부릅떠진 놈의 눈동자.

"기어라! 청성의 개야!"

천둥치듯 놈의 고막에 전음으로 일격을 가했다.

동시에 무형지기와 짙은 살기로 놈의 온몸을 옭아맸다.

그리고 허공을 가르는 검.

움직이지 못하는 놈.

무형지기와 살기에서 벗어나려 발버둥 쳤다.

씨익.

마지막 웃음을 날렸다.

그 순간 놈의 신형을 옭죄고 있던 무형지기를 풀었다.

"으아아아아!!"

그물에 갇혀 있던 물고기가 찢겨진 그물 사이로 도망을 가듯 비명을 지르며 바닥으로 몸을 구르는 놈.

무림인들이 가장 수치스러워하는 뇌려타곤의 수법으로 바닥을 뒹굴었다.

졸졸졸.

그것도 모자라 삼 장여를 홀로 미친 듯이 구르다 오줌까지

지린 청성의 제자 하염돈.

그가 지른 커다란 비명 소리 덕분에 모든 이들의 눈이 놈에게 집중됐다.

"사, 살려줘!"

아직도 내가 만들어낸 무형지기와 살기에 눌려 환상에 시달리는 놈은 비명과 함께 검을 내팽개쳤다.

그리고 머리를 쥐어짜며 사람들을 헤집고 미친 듯 도망쳤다.

"이, 이게 무슨 일이야?"

"아니, 청성의 제자가 평범한 삼 초를 막아내지 못하고 도망을 치다니! 그것도 오줌을 갈기고 검도 내팽개치고 말이야!"

"점창파에 이어서 청성도 예전만 못하구먼. 이래서야 사파 놈들을 막을 수나 있겠나."

철저하게 놈에게만 무형지기와 살기를 뿌린 덕분에 상황을 눈치 채지 못한 무림인들이 혀를 찼다.

직접 눈으로 보았기에 믿기지 않는 현실을 믿을 수밖에 없을 것이었다.

'병신 같은 놈.'

가진 바 재주를 믿고 다른 이를 핍박하는 사파의 쓰레기들과 같은 놈.

이곳 무림맹에도 널리고 널려 있었다.

그리고 오늘, 그놈들 중에서 몇 놈을 골라 황천 구경을 시켜주리라 마음먹었다.

검의 무서움을 알면 다시는 검으로 다른 이들을 핍박하지 못할 것이기에.

'무, 무엇이지… 이 기운은!'

멍하니 눈을 뜨고 홀로 우뚝 서 있는 화운룡을 바라보는 청연 사태.

아미파의 장로인 그녀도 화운룡과 청성 제자 사이에서 일어난 일이 무엇인지 짐작하지 못했다.

다만, 화운룡이 날린 평범한 초식이 결코 평범하지 않다는 것.

바닥에 떨어져 있는 청성 제자의 검의 손잡이에 흥건히 피로 물들어 있는 것으로 보아 가공할 내공이 섞인 일격을 받은 것 같았다.

'저 아이…… 그분을 닮았다.'

하지만 확실한 사실 하나는 발견했다.

오연하게 화산의 검을 들고 서 있는 화운룡이 과거 청연이 너무나 사모했던 한 남자와 닮아 있다는 사실.

수천, 수만 년을 홀로 우뚝 서 있는 화산 바위의 향기가 화운룡에게서 느껴졌다.

청연의 가슴을 물들이고 있는 그 사람처럼…….

‘무엇이지? 왜 하염돈이 저리 도망을 간 것이지?!’

눈으로 보고도 믿을 수 없는 사실.

단소소를 비롯한 인풍조원들 모두 멍한 시선으로 화운룡을 바라보았다.

‘화운룡! 그는 내가 짐작하는 것보다 더 높은 고수일지도 모르겠다. 각파의 장로급을 넘어선 그 이상의 고수!’

머리가 뛰어난 단소소도 여러 상황으로 짐작만 할 뿐이었다.

딱히 겉으로 보여진 것이라고는 청성의 제자가 삼 초도 받지 못하고 오줌까지 지리며 도망을 쳤다는 사실.

그리고 그 이면에는 보이지 않는 또 다른 진실이 숨 쉬고 있을 것이었다.

‘뭐, 뭐야!’

화운룡과 같은 조에 편입된 화산파 제자 유장호.

주금 의외의 상황을 만들어내는 화운룡이었지만, 자신과 비교해서 결코 손색없는 실력을 소유한 하염돈이 무언가 일을 낼 것이라 생각했었다.

그러나 벌어진 상황은 정반대.

다시는 무림인들에게 얼굴을 들지 못할 추접한 모습을 보이며 하염돈이 도망을 쳤다.

마치 귀신에라도 홀린 듯 머리를 쥐어짜면서 말이다.

'그래! 저놈이 사공을 수련했음이 분명해! 악독한 놈!'

다시 한 번 자신의 짐작에 확신을 갖는 유장호.

뭇사람들 앞에서 오연하게 서 있는 화운룡을 당장에라도 찢어 죽일 듯이 노려보았다.

"아! 생각났다. 난주신검이다!"

"난주신검?"

"그래! 이제야 생각났어. 이 년 전 난주에서 청성 제자를 일격에 패퇴시켰던 난주신검 화운룡이야!"

넓고 넓은 무림에서 사람만큼 조심할 게 없다 하더니, 그 말이 사실이었다.

청연 사태에게 승리의 인가를 받고 자리로 돌아오는 사이 나를 알아보는 이들이 있었다.

"난주신검이 청성 진산제자를 삼 초 만에 이겼다!"

"저, 정말이야?"

그리고 내 귀에 들리는 사람들의 목소리는 바람을 타고 온 승전장에 휘돌았다.

"수고했어요!"

인풍조원들이 있는 곳으로 돌아오자 하얀 배꽃 같은 웃음을 지으며 맞이하는 단소소.

"축하하오! 뭔지 몰라도 이겨서 우리 인풍조의 체면을 세워주셨소이다!"

"내가 화 공자는 믿고 있었다니까."

"크하하! 청성 제자 놈 도망가는 꼴이라니. 내 죽어서도 이 광경은 잊지 못할 것이야."

인풍조원들은 자신들의 일처럼 기뻐했다.

스윽.

그런 인풍조원들의 환대를 미소로 응대하며 고개를 돌렸다.

나에게 느껴지는 차가운 시선을 따라.

삼십여 장 떨어진 곳에 유장호가 있었다.

같은 화산파 제자이면서 다른 이들처럼 나를 핍박했던 화산의 매화검수.

흠칫.

내가 자신을 바라보자 움찔 놀라는 유장호.

그놈에게도 화유룡표 친절한 미소를 날려주었다.

네놈도 조심하라는 의미를 담아서.

두근두근.

화운룡이 나타나는 순간마다 놀라는 두 여인이 있었다.

'아! 무공을 잃지 않았구나. 다행이야……'

지난 이 년간의 근심이 싹 사라지며 평안함을 맛보는 설수아.

그녀는 천풍조원들이 자리 잡은 곳에서도 화운룡의 일거수일투족을 놓치지 않았다.

인풍조원들과 믿기지 않을 정도로 완벽하게 삼재천변만환진을 펼치고, 점창 제자 양조령에게 무식할 정도로 무림도의를 가르치던 화운룡.

점창의 장로에 이어 청성파 진산제자를 단 삼 초 만에 제압해 버렸다.

그 순간 설수아는 알 수 있었다.

화운룡이 내공을 잃지 않았을 뿐만 아니라 더욱 강한 고수가 되었다는 것을.

'그래, 화운룡은 누가 뭐라 해도 화산 제일고수인 자광 장로님의 제자야. 쉽게 쓰러지지는 않을 것이야!'

안도를 넘어서 확신을 품는 설수아.

화운룡에 대한 죄책감이 사라지고, 대신 그 자리에 믿음과 행복감이 들어찼다.

'흥! 그런데 저렇게 무공을 되찾고서 나를 여태 애태웠다,

이거지? 용서치 않겠어. 이 색마에 거짓말쟁이!'

그러나 알 수 없는 여심은 곧 또 다른 감정으로 변하였다.

사랑과 미움은 종이 한 장 차이라는 것을 화산의 재녀 설수아도 아직 모르고 있었던 것이다.

'화, 화운룡…….'

스승 청연 사태가 주관하는 비무대회를 힐끔 바라보고 있던 송혜화는 마음속에 거친 파란이 임을 느꼈다.

오 년 전 난주의 철없던 귀공자가 오늘 수많은 무림 고수들 앞에 낭낭히 어깨를 내밀었다.

그 오연하고 절대자의 기개 같은 강인한 모습에 송혜화의 가슴은 심하게 요동쳤다.

'역시 장강신룡은 화운룡이 틀림없어!'

송혜화만이 아는 화운룡의 비밀.

화운룡이 신교의 고수들에게 내공이 전폐되는 그때, 송혜화는 화운룡의 품에서 검은 옥으로 된 용이 승천하는 모양의 신물이 떨어지는 것을 발견하였다.

예사 신물이 아니기에 바닥에 떨어지는 신물을 황급히 품에 챙겨 넣었던 송혜화.

그리고 송혜화가 알아낸 바에 의하면, 그 신물은 장강의 절대자인 수로투왕 공승필의 흑룡패였다.

장강을 비롯하여 녹림 무리들에게는 수로투왕 공승필과 동격의 대접을 받을 수 있는 엄청난 신물.

갑작스럽게 사라진 장강신룡과 옥수신녀에 대한 소문이 난무하는 가운데, 수적들 사이에서 은밀한 소문 하나가 흘러나왔다.

장강신룡과 수로투왕이 서로 의형제를 맺었다는 믿을 수 없는 소문.

처음에 송혜화는 믿지 않았다.

그러나 의심의 뿌리는 여전히 남아 있었고, 오늘 확연히 보이는 화운룡의 무위에 그 말이 진실임을 확인할 수 있었다.

'아직 나를 잊지 않았을까…….'

문뜩문뜩 생각나는 화운룡과의 어린 시절.

비록 무당파 제자에게 일격을 당하고 널브러졌던 안 좋은 모습도 있지만, 송혜화는 기억하고 있었다.

자신을 바라보던 화운룡의 뜨거운 마음을.

'이것도 돌려줘야 하는데…….'

품속에 자리 잡은 흑룡패.

지금껏 돌려주지 못한 신물이 오늘따라 정겹게 느껴졌다.

잘하면 화운룡과 끊어졌던 인연의 고리가 다시 연결될 수 있을 것 같았다.

하지만 송혜화는 모르고 있었다.

화운룡이 무림에 뛰어들어 파란만장한 삶을 살고 있는 이유가 송혜화 자신 때문이라는 것을 말이다.

"천풍조의 황보옥야라 합니다. 저에게 한 수 가르침을 내려주십시오."

어느새 일차 탈락자들이 가려지고 두 번째 탈락자를 가리는 순간.

"황보세가의 기재들 중에서 발군이라더니, 그 말이 사실인 것 같군."

"무림 오봉 중 한 명답게 미색도 장난이 아니야."

"휴우, 무공에 미모까지… 그림의 떡이군."

일차전에서 지풍조원을 가볍게 이기고 비무장에 선 황보옥야.

영웅단원들이 동일하게 입고 있는 하얀색 경장 차림이건만 확연하게 돋보이는 미모였다.

그런 황보옥야의 모습에 뭇 무림인들이 부러운 듯 입을 열었다.

'비무 방식이 아주 마음에 드는군.'

최종 승자를 가릴 때까지 자신이 지명하는 상대와 벌이는 일전.

스윽.

자리에서 일어났다.

저벅저벅.

그리고 십여 장 정도 떨어진 비무장을 향해 느긋하게 걸어 나갔다.

뭇사람들의 시선을 받으면서.

찌릿.

매섭게 바라보는 황보옥야의 시선.

입가에 지어지는 싸늘한 조소.

"인풍조원 화운룡, 한 수 가르침을 청합니다."

오늘은 나를 위한 날이었다.

지난 이 년 동안 음으로 양으로 나를 괴롭혔던 이들에 대한 하늘이 허락하신 복수의 순간.

"앞서의 대련 규칙과 동일합니다. 그럼 시작하세요."

다른 구파일방과 오대세가의 장로들과는 확연히 다른 인자한 청연 사태의 모습.

비무의 시작을 알려왔다.

"뜨거운 맛을 보여주겠다!"

그 순간 매섭게 귓가로 파고드는 앙칼진 황보옥야의 음성.

"후후."

말 대신 비웃음을 전음으로 날려주었다.

"검에는 눈이 없습니다."

전음과 달리 무림을 영도하는 오대세가의 자제다운 모습을 보이는 황보옥야.

이년도 위선자였다.

창!

건방을 떨던 청성 제자 놈과 달리 신중하게 검을 빼어 드는 황보옥야.

처음 비무를 치렀던 황보세가의 인물과 다른 기수식을 취하였다

'황보세기의 직계만이 수련할 수 있다는 뇌전검법이군.'

무림맹에 있는 동안 무림 각파의 절기들에 대하여 철저히 연구하였다.

무림에 대한 지식이 얼마나 중요한지 깨달았기에 정파를 비롯한 사파와 신교의 무공까지 연구하였다.

그리고 그 지식을 바탕으로 황보옥야가 펼치는 황보세가의 무공을 한눈에 알아냈다.

'황보세가는 권과 검이 조화를 이룬 무가. 그중에서 직계가 수련하는 수미천왕신공을 바탕으로 한 뇌전검법과 천왕보는 무림의 절학. 한번 견식해 보마!'

스릉.

빼어지는 철검.

검을 늘어뜨리는 하단세의 자세를 취하였다.

철저히 상대를 무시하는 기수식.

황보옥야의 얼굴이 서서히 붉어져 갔다.

'이놈이!'

하룻강아지 범 무서운 줄 모른다더니, 이놈이 딱 그 짝이었다.

한때 화산에서 보여준 남자다운 모습에 잠시 호기심을 가졌지만 영웅단에 들어와 빌빌거리는 모습에 완전히 마음을 접었다.

아니, 주제 파악도 못하고 영웅단에 빌붙어 목숨이나 연명하는 꼴이 마음에 들지 않았다.

더욱이 놈이 가끔씩 보이는 건방진 눈빛은 영 마음에 들지 않았다.

'내력을 회복했다고 기고만장하구나. 그러나 나는 어설픈 청성파 제자 놈과는 다르다.'

황보세가의 직계이자 금지옥엽으로 어릴 때부터 갖은 총애를 받으며 자라온 황보옥야.

뛰어난 재능과 오성으로 어린 나이에 황보세가의 진검을 펼칠 수 있는 경지에 올랐다.

그런 자신을 향해 여전히 빌어먹을 웃음을 던지는 자.

오늘 단단히 매서운 맛을 보여주리라 마음먹었다.

"속가제자에게 선공을 취할 수 없는 법! 선수를 양보하겠다!"

자신의 실력을 믿고 선수를 양보하였다.

"……."

하지만 고맙다는 일반적인 무림의 인사법도 모르는 놈.

"탓!"

양보한다는 말이 떨어지기 무섭게 검을 늘어뜨린 하단세의 자세로 몰아붙여 오는 자.

그 기세가 사뭇 내단하였다.

'이놈!'

처음부터 살수 같은 일초를 펼쳐 오는 화운룡.

그 모습에 노여움으로 이를 악문 황보옥야.

"가랏!"

뇌전검법의 일초식인 뇌벽풍운을 펼쳐 가볍게 놈의 일초를 막아갔다.

'후후!'

가벼운 도발에 발끈하며 검을 펼쳐 오는 황보옥야.

황보세가의 가전심법인 수미천왕신공과 결합한 뇌전검법의 명성처럼 은은한 뇌기가 그녀의 검기에 뒤섞여 펼쳐 왔다.

그 수법이 치밀하고도 변화가 쾌활한 일초.

하단세 자세에서 그대로 두 마리 뱀이 공격하는 양사분로의 평범한 일초식을 펼쳤다.

쉐에에엑—

"앗!"

자신이 펼친 검의 장막을 뚫고 두 방향에서 검기가 날아오자 황급히 놀라는 황보옥야.

똑똑히 모든 상황이 눈에 보였다.

황복옥야가 펼친 일수는 절공다웠다.

그러나 문제는 그 절공도 깨달음을 얻은 나에게는 그저 평범한 일초에 불과하다는 것.

아무리 세밀한 검막을 형성한다 하더라도 검이 막아내는 사이사이의 공간과 시간은 비는 법.

독 오른 검기가 맹점을 파고들자 무너지는 둑방처럼 황보옥야의 검막도 사라졌다.

그리고 찾아온 짧은 비명과 함께 바로 이어지는 일초.

명문 제자답게 공수 전환이 자유로웠다.

하지만 그것은 어디까지나 다른 사람들에게나 가능한 일.

공세를 거두어들이고 검을 십방풍우의 수법으로 휘돌려 갔다.

휘리리리리릭.

그 순간 검에서 뿜어지는 검기의 파편들.

황보옥야의 다음 수법과 허공에서 맹렬히 부딪쳐 갔다.

퍼버버벙!

"뭐, 뭐야?"

무림맹에서 주관하는 비무대회.

무공의 고하를 가릴지언정 생사의 위협은 없어야 했다.

그런데 지금 들리는 폭음은 생사 대결을 펼치는 자들의 공격에서나 들릴 법한 파장음.

비무를 관전하던 무림인들의 시선이 일제히 강력한 폭음이 들리는 곳으로 향하였다.

"뇌, 뇌전검법이다!"

"황보세가의 비전검법이다!"

우르르르.

무림 오대세가의 비전절기를 알아본 무림인들이 한쪽 비무장으로 몰렸다.

자신들이 관전하고 있는 대결도 볼 만했지만 오대세가의 비전검법에는 훨씬 미치지 못하였다.

'저자가……,'

높은 단상에서 모든 상황을 바라보고 있던 신기자를 비롯한 몇몇 무림 명숙의 얼굴이 찌푸려졌다.

갑작스럽게 나타난 천둥벌거숭이 같은 놈이 예상치 못한 사건을 벌이고 있었다.

더욱이 방금 전까지 무공을 잃어버렸다고 알려진 놈이 펼치는 풍운이었기에 자연스럽게 신경이 더 쓰였다.

'황보옥야는 황보세가의 직계. 그런 직계의 검을 끌어냈다는 것만으로도 일류는 넘는다. 수상한 놈이군.'

신기자 제갈담운의 머리가 뜨겁게 달아올랐다.

자칫 작은 미꾸라지 한 마리로 인하여 커다란 연못이 흙탕물로 변할 수도 있는 상황.

눈을 가늘게 뜨고 점점 치열해지고 있는 화운룡과 황보옥야의 비무장을 바라보았다.

쉬이이익.

비무의 경지를 넘어서 버렸다.

뇌기가 깃든 황보세가의 뇌전검법이 번쩍 허공을 작렬하는 순간, 그 뇌기를 뚫는 한줄기 푸른 검기.

"와아!"

"대, 대단하군!"

사방에서 구름처럼 몰려든 무림인들이 입을 벌리고 감탄했다.

그 정도로 치열함의 열기를 더해가는 대결.

"탓!"

허공 삼 장여로 치솟은 황보옥야의 몸이 서너 개의 신형으로 흐릿하게 변했다.

황보세가가 자랑하는 천왕보의 신법.

그리고 그 신형의 뒤를 따라 내리꽂히는 십여 줄기의 강맹한 뇌전.

오성에 이른 뇌전검법이 황보옥야의 분노를 타고 비무장에 등장하는 순간이었다.

쉬익—

그에 맞서는 한 자루 평범한 철검과 평범한 한 초식.

자신에게 떨어지는 뇌기를 향해 화운룡의 검은 느릿하게 변화를 일으키며 막아갔다.

"헛!"

"위험하다!"

무림인들이 보기에 위험천만한 대응 방법.

타다다당!

하지만 들려오는 경쾌한 소음과 황급히 허공으로 다시 치솟는 황보옥야의 신형에 관전자들은 머리를 갸웃거렸다.

분명 황보세가의 무지막지한 일격에 사단이 나도 벌써 나야 했건만, 화운룡이 펼치는 평범한 일수에 번번이 격퇴당

했다.

'무, 무결을 깨우쳤단 말인가!'

이상하다 느끼는 일반 무림인들과 달리 몇몇 무림맹 고수들은 점점 당혹감으로 물들어갔다.

평범한 초식으로 고절한 초식을 막아서는 방법은 오직 하나.

평범함 속에서 평범함을 벗어나 버린 무의 도를 깨우친 자의 신공밖에 없었다.

그리고 그런 생각을 하는 이들 중에서도 화산학선 자운 진인의 놀라움은 도를 더하였다.

'자광 사형께서 용을 키우셨구나!'

화운룡을 처음 만난 순간부터 놀라움의 연속.

오 년 동안 지켜본 화운룡의 종잡을 수 없는 발전에 지금 생각나는 것은 오직 자광 진인밖에 없었다.

'무결을 깨우쳤다면 이미 나와 동격, 아니, 넘어설 수도 있다. 그런데 어떻게 지난 이 년간 저리 발전할 수 있단 말인가. 허어, 청출어람이라더니……'

화산의 제일가는 지혜라 칭송받는 화산학선 자운 진인도 도저히 짐작할 수 없는 현실.

그저 묵묵히 황보세가의 여식을 희롱하는 화운룡의 낯선 검을 바라볼 뿐이었다.

'이, 이자가!'

회심의 일격이 막혀 버리자 숨이 덜컥 막혀 버리는 황보옥야.

더 이상 펼칠 가문의 검술은 없었다.

뭇 무림인들 앞에 완전히 까발려진 황복옥야의 모든 실력.

그러나 놈은 아직도 그대로였다.

평범한 초식을 엮어 검로를 막아버리는 놀라움의 연속. 거기에 은은히 손에 느껴지는 강인한 바타력이 담긴 내력.

어느새 오기는 사라지고 두려움이 밀려왔다.

타다닥.

땅에 가볍게 내려 검을 고쳐 잡은 황보옥야.

놈이 잠시 공격을 멈추고 시간을 주었다.

여전히 입가에 시건방진 미소를 지으며.

'주, 죽여 버리겠어! 이 개새끼!'

보는 이로 하여금 심한 모멸감을 느끼게 하는 비웃음.

황보옥야는 머릿속이 새하얗게 변하는 분노를 맛보았다.

쉬이익―

하지만 그것도 잠시,

갑자기 대기를 압축해 오는 놈의 신형.

일격필살의 검기가 날아왔다.

검과 하나가 된 듯한 한 점의 압력이 무시무시한 느낌으로 몰아쳐 오는 순간!

황보옥야는 깨달을 수 있었다.

지금까지 저자가 자신을 우롱하고 있었다는 것을.

'천지간의 기운은 변하거나 늘지도 않고, 악하거나 선하지도 않다. 다만, 원래 그러하다.'

검에 담긴 나의 의지와 내기.

황보옥야가 놀라 펼치는 일격을 꿰뚫었다.

파각!

황급히 검면으로 막아서는 황보옥야.

쩡!

손에서 느껴지는 황보옥야의 짜릿한 내공.

'훗…….'

하지만 거기까지였다.

손에 들어가는 더욱 강한 힘.

이에 사력을 다해 막아서는 황보옥야.

짧은 순간 공포에 빠진 황보옥야의 검은 눈동자를 응시하였다.

철저히 감정을 배제한 눈빛.

파르르 떨리는 황보옥야의 눈동자.

휘익.

검과 함께 뒤로 물러났다.

멍청히 서 있는 황보옥야.

탓.

발바닥에 느껴지는 바스럭거리는 대지의 감촉.

힘껏 도약했다.

그리고 멍하니 서 있는 황보옥야를 향해 검을 내려쳐 갔다.

"머, 멈춰라!"

놀란 청연 사태의 음성.

쉬이익.

허공을 날아 어느새 검을 막아서는 청연 사태의 검.

"타앗!"

하지만 이미 빼어진 검은 멈출 수가 없었다.

맑은 기합을 터뜨렸다.

그리고 검은 본능적으로 검을 치켜드는 황보옥야의 검과
부딪쳐 갔다.

쩌정!

채그랑.

"아아악!"

엄청난 내기가 깃든 검끼리 부딪치는 충격음과 함께 산산이 부서지는 검 한 자루와 여인의 비명.

'이, 이럴 수가!'

청연 사태가 펼친 황급한 일격이었지만, 수십 년 동안 폐관수련을 하며 깨달은 신검합일의 일수를 막아선 화운룡.

그의 검은 청연 사태의 검을 허공으로 날려 버린 것으로도 모자라 황보옥야의 검을 산산이 조각내 버렸다.

그 검 조각에 황보옥야는 옷자락 대여섯 군데가 찢겨져 나갔고, 얼굴에 작은 상처까지 입었다.

하지만 청연은 알 수 있었다.

검의 파편이 황보옥야를 찢어발기려는 순간 보이지 않는 내기가 검 조각의 파편을 가로막아 힘을 줄여주었다는 것을.

털썩.

난생처음 느껴보았을 죽음의 경험에 두 무릎을 꿇는 황보옥야.

새하얗게 질린 어여쁜 얼굴에 길게 그어진 작은 상처 사이로 가는 핏줄기가 흘러나왔다.

"이런, 힘이 너무 과하였습니다."

그 상황에서 태연자약하게 포권을 취하며 자신의 힘이 과하였음을 인정하는 화운룡.

공격이 매서웠지만 드러난 상황은 딱히 뭐라 할 수 없을 정도의 피해.

‘무서운 청년이로다.’

청연은 느낄 수 있었다.

눈앞의 화운룡이라는 청년이 냉정하기 그지없는 정신을 소유한 고수라는 것을.

“이번 비무는 화, 화 공자의 승리요.”

청연은 마음을 진정시키며 화운룡의 승리를 선언하였다.

“와아! 난주신검이 황보세가의 진검을 깨뜨렸다!”

“대단하오! 난주신검!”

청연 사태의 말이 끝나자 기다렸다는 듯 무림인들의 환호성이 사방에서 터져 나왔다.

언제나 새로운 영웅에 목말라 하는 무림인들.

더욱이 구대문파나 오대세가의 진산제자가 아닌 자가 이긴 승리는 무림인들에게 묘한 쾌감을 안겨주었다.

그동안 대문파에 억눌린 반발심이었다.

‘내 깨달음을 넘어섰다. 그 상황에서 정확히 내 검을 날리고 황보가 여식의 검을 박살 냈다. 빈틈없는 힘의 배분. 화산의 천고기재로다!’

청연은 다른 무림의 원로들처럼 고지식하지 않았다.

그렇기에 순순히 화운룡의 실력을 인정했다.

‘그이를 닮았어. 아……’

다시 한 번 드는 묘한 느낌.

청연이 사랑하던 그 남자와 같이 저 화운룡이라는 청년에게서 화산의 바위 내음이 상큼 풍겨왔다.

"병신 같은 계집. 크크."
부르르.
귓가에 들리는 화운룡의 잔인한 음성.
두 무릎을 꿇은 황보옥야는 가슴속에서 거대한 불길이 일어남을 느꼈다.
"다음에 나를 만나지 않기를 빌어라. 그때는…… 후후."
악마 같은 놈이었다.
입가에 미소를 지으며 뭇 무림인들에게 포권을 취하면서 전음을 보내는 자.
방금 전 비무에서 느꼈던 엄청난 공포감이 다시 살아났다.
으득.
하지만 이대로 무너지면 대황보세가의 자식이 아니었다.
이를 악문 황보옥야.
주루룩.
눈물과 함께 악다문 입술 사이로 피가 흘러내렸다.
'어, 언젠가 네놈을…… 천참만륙하리라!'
지독한 한을 품는 황보옥야.

이 순간 화운룡이 지옥악귀로 보였다.

하지만 그녀는 모르고 있었다.

과거 황보옥야 그녀가 화운룡에게 어떤 마음을 품고 어떻게 행동했는지 말이다.

第四十九章 무림 십대검결

'재미있군.'

감췄던 발톱을 살짝 드러내자 놀라는 사람들의 시선.

무림의 법은 힘이라는 말을 또다시 실감했다.

'한바탕 시끄럽겠군.'

생각지도 못한 나의 등장으로 소란스러울 무림맹.

앞으로 벌어질 일이 궁금하였다.

"정말 감동이에요. 호호."

"대단합니다! 화 대협!"

"난주신김이라! 캬아, 명호도 예술입니다."

내가 다가서자 환호를 하며 맞아주는 인풍조원들.

왠지 정감이 가는 그들에게 가볍게 고개를 끄덕여 보이곤 자리를 잡았다.

이제 한 번의 대결만 끝나면 오늘의 비무대회는 끝이 난다.

그리고 내일, 잘하면 그자와 마주칠 순간이 올 것이다.

그놈도 오늘 두 번의 승리를 거머쥐었기에.

'딱! 두 대만 맞자.'

고개를 돌려 그자를 바라보았다.

승리에 취해 얼굴이 벌겋게 상기되어 사방에 포권을 남발하는 가증스러운 그놈의 얼굴이 눈에 확 들어왔다.

"갑작스럽게 생각지도 못한 놈의 등장이라니……."

"총군사는 무얼 했습니까? 각파 장로급은 충분히 되어 보이는 놈을 여태 영웅단에 품고 있었다니."

떠들썩했던 비무대회가 파하고 밤이 찾아왔다.

그리고 뜨거웠던 열기는 사라지고 추운 겨울의 한풍이 몰아치는 무림맹의 총군사실.

신기자 제갈담운과 함께 오대세가의 장로들이 모두 인상을 쓰고 있었다.

"분명 화산파에서 술수를 썼을 것입니다. 그렇지 않고서야 무공도 모른다는 놈을 이 년 동안 영웅단에 머물도록 주선하지는 않았을 것입니다."

쾅!

"화산파가 눈에 뵈는 게 없는 것 같습니다. 감히 우리 황보세가를 어찌 보고!"

모용세가의 장로 일검진천 모용담이 화산파 음모론을 들고 나오자 오늘 황보옥야로 인해 망신을 당한 황보세가의 장로 오성군자 황보염성이 탁자를 주먹으로 내려쳤다.

"신기자께서는 말씀 좀 해보십시오. 답답합니다그려!"

하지만 오대세가의 장로들이 울분을 터뜨리는 동안에 신기자는 가민히 눈만 감고 있었다.

"어쩌면 우리에게 좋은 기회일 수도 있습니다."

뜬금없는 신기자의 음성.

"그게 무슨 말이오?"

남궁세가의 장로 십전일검 남궁혁이 의문의 눈동자로 질문을 던졌다.

그도 그럴 것이 화산파 제자 화운룡으로 인하여 황보세가를 비롯한 무림 구대문파의 제자들이 톡톡히 망신을 당하였다.

그런데 이를 좋은 기회라 말하는 신기자였다.

"화운룡이 화산파 제자라 하지만 속가제자에 불과합니다. 또한 화운룡과 화산파가 썩 사이가 좋지 않다는 것은 제가 보증할 수 있습니다. 그런 화운룡이라는 고수가 만약 우리에게 도움을 줄 수 있다면, 이것은 생각지도 못한 큰 수확입니다."

신기자의 눈에서 빛이 났다.

"하지만 그자가 그리 쉽게 우리 말을 들어줄 것 같소이까? 더욱이 아무리 그래도 놈은 화산의 제자. 괜히 이리 새끼를 들이려다 호랑이 새끼를 끌어들이는 것이 아닌지 모르겠소."

회의장의 오대세가 장로 중 가장 나이가 많은 하북팽가의 환사도협 팽종두가 큰 눈을 뱁새처럼 뜨며 의심의 목소리로 물었다.

"그러니까 더욱 매력적인 물건이지요. 또한, 그자를 끌어 들인다 하여 오대세가에는 전혀 피해가 없을 것입니다. 제가 생각하는 대로만 된다면, 그자는 오대세가를 전혀 모른 채 우리의 수족이 될 것입니다."

이제는 사이한 빛까지 흘러나오는 신기자 제갈담운의 눈빛.

"내일 그자를 부를 것입니다. 그리고 적당한 미끼를 던져 낚을 것이니 여러분들은 심려치 마십시오."

"알겠소이다. 신기자께서 그리 말씀하신다면 그리해야지요."

"큼. 뭐, 나도 찬성입니다."

이곳에 모인 장로들로서는 신기자를 막을 수 없었다.

신기자와 오대세가는 이미 한 배를 탄 동지.

더욱이 신기자 제갈담운의 머리에서 모든 상황이 전개되고 있었기에 오히려 눈치를 살펴야 했다.

잘만 하면 무림의 패권은 오대세가 중심으로 다시 재편될 것이기에.

'흐흐. 화운룡, 제법이다. 그러나 거기까지다. 거대한 단체의 힘 앞에 개인의 힘은 바위와 계란 같은 것. 만약 거절한다면 그자가 그리되었듯이 너도 그리될 것이다. 흐흐흐.'

무언가 음모를 잔뜩 내포하고 있는 신기자의 시커먼 마음.

그렇게 영웅난 비무내회는 사건과 사건이 맞물려 또 다른 커다란 사건으로 치달아갔다.

잠잠하던 무림.

폭풍이 불기 전의 고요함처럼 서서히 천지가 요동치고 있었다.

"이자들이옵니다!"

화르르.

거대한 굵은 혈초 수백여 개가 사이한 향과 빛을 뿌리는 거대한 대전.

피투성이가 되어 혈도를 제압당한 다섯 명의 인물들이 혈옥으로 만들어진 바닥에 꿇어 앉혀졌다.

"사, 살려주십시오, 교주님!"

"신녀시여, 제발 자비를!"

다가올 죽음을 아는지 피눈물을 흘리며 살려 달라 목숨을 구걸하는 자들.

지금 그들이 입고 있는 옷과 엄중하게 대전 안에 자리 잡고 있는 수십 명의 마인들의 옷자락에 선명한 일월의 그림이 은빛실로 수놓아져 있었다.

"살려 달라? 호호호."

"컥!"

날카로운 여인의 요사한 웃음이 대전 안을 물들였다.

그 순간 혈도가 제압당해 있던 다섯 명의 신교 교도들은 비명을 지르며 피를 토하였다.

웃음 속에 담겨 있는 요기와 내기는 상상 이상이었다.

"집법장로, 교를 배신한 대가는 무엇인가?"

피를 토하며 신음을 흘리는 다섯 명의 교인들을 바라보며 차갑게 입을 열었다.

"신녀시여, 교를 이탈한 죄는 신분 여하를 막론하고 오직 죽음뿐이옵니다."

신교의 구대장로 중 한 명인 편복응왕 가유광이 고개를 숙이며 답하였다.

"교주님, 저들을 제가 처벌하게 해주십시오. 호호."

은은히 속살이 내비치는 검은빛 천잠사로 만든 옷을 걸치고 대전 안에 끈적끈적한 요기를 흩뿌리는 신녀.

자신과 동등한 위치에 놓인 태사의에 앉아 있는 선풍도골의 사십대 중년인을 교주라 불렀다.

그러했다.

황금과 붉은 보옥으로 만들어진 태사의에 앉아 있는 이가 바로 신교의 교주, 마황 구천마검 진염이었다.

삼십여 년 전 신교의 신물인 혈옥마검을 들고 천하를 피의 바다로 만들었던 전설상의 인물.

그러나 태사의에 앉아 있는 그의 모습은 신선의 모습처럼 단아하기 그지없었다.

절대 극악한 마공을 수련한 이라고 볼 수 없는 모습.

이미 극마지체를 이루고 반마반선에 이르렀음이 분명했다.

"율법대로 집행하라."

청아한 음성이 마황의 입에서 흘러나왔다.

"혈명!"

순간 삼십여 신교 고수들의 입에서 혈명이 외쳐졌다.

"호호호. 혈도를 풀어줘라!"

교주의 허락이 떨어지자 죄인들의 혈도를 풀라 명하는 신녀.

퍼버벅!

"큭!"

신교 고수들이 펼친 허공을 격한 격체진기에 혈도가 풀린 다섯 명의 배반자.

"으으……."

공포에 물든 그들의 입에서 신음이 흘러나왔다.

지금 이곳에 모여 있는 이들이 얼마나 무서운 자들인지 뼈저리게 알고 있었다.

단 한 명이 그의 휘하들만 데리고 나가도 중원의 대문파 하나는 소리 소문 없이 전멸시킬 수 있는 가공할 고수들.

"도망쳐 봐라. 만약 내 손에서 벗어난다면 너희들을 살려주마."

믿기지 않는 신녀의 약속.

일순간 다섯 명의 신교 교도들은 눈을 마주쳤다.

탓!

그것도 잠시,

사방을 향해 몸을 날려갔다.

다들 무림에 나가면 절정고수 취급을 받을 수 있는 신교의 고수들. 도망치는 그들의 몸은 어느새 대전 끝에 다다라 있었다.

"호호호, 호호호호."

그 순간 대전 안을 울리는 사이한 지옥 요녀의 웃음소리.

"헉!"

"크아아악!"

어느새 자리에서 일어난 신녀.

도망치는 자들을 향해 두 손을 펼쳐 들었고, 그 손을 향해 도망치던 다섯 명의 신교 교도들이 빨려 들어왔다.

가공할 허공섭물의 신공.

얼굴에 핏발이 선 채로 전 내공을 운기하여 도망쳤건만, 점점 뒤로 끌려가는 다섯 명.

휙.

그중에서 내공이 제일 약한 이가 허공을 날아 신녀의 손바닥을 향해 날았다.

퍽.

왼손을 펼쳐 날아오는 자의 머리를 움켜쥔 신녀.

쭈우우우우우욱.

"크아아아아아아아악!"

갑자기 신녀의 왼손에 머리통이 잡힌 신교도의 입에서 처절한 비명이 울려 퍼졌다.

그리고 벌어지는 믿기지 않는 광경.

신교도의 주변으로 빨간 혈무가 피어오르더니 신교도의 몸이 순식간에 목내이처럼 쭈그러들기 시작했다.

쉬익.

퍽!

"크아아아악!"

그것을 시작으로 눈 깜짝할 사이에 다섯 명의 신교도들이 순서를 정해 신녀의 손바닥에서 목내이가 되어버렸다.

"……!"

그 광경을 바라보며 몸을 떠는 신교의 장로들과 고수들.

아무리 자신들이 마공을 극한으로 수련했다지만 신녀가 보이는 한 수를 막을 수 있을지 장담할 수 없었다.

그 정도로 가공할 능력을 보여주는 신녀.

털썩.

마지막 시체가 푸석하게 마른 장작이 되어 바닥에 뒹굴었다.

"호호호. 맛있어, 아주 맛있어."

얼굴이 붉게 상기된 신녀가 만족스런 눈빛으로 '맛있다'를 연발하였다.

"신녀는 자리에 앉으시오. 그리고 마뇌는 무림 상황을 보고하라."

끔찍한 참상에도 눈 하나 까닥하지 않는 마황 진염.

무심한 음성으로 신교의 머리인 마뇌를 불렀다.

"삼가 교주님의 명을 받드옵니다."

황제를 대하듯 극상의 예를 갖추고 앞으로 나서는 마뇌 유백동.

신교제일귀뇌라 불릴 정도로 신교의 모든 계획들을 수립하는 신교의 머리.

붉은빛이 감도는 눈동자로 교주 진염을 바라보았다.

"이제 본 교도 잠에서 깰 때가 되었다. 마뇌는 그동안 준비한 무림대계를 설명하라."

담담하지만 엄청난 의미를 내포하고 있는 교주의 한마디.

"오오……."

"혈명!"

드디어 떨어진 교주 진염의 허락.

대전 안에 있던 신교 고수들의 몸이 부르르 떨렸다.

오직 이 순간을 위해서 참고 살아왔다.

그리고 오늘 교주의 입에서 무림대계의 허락이 떨어졌다.

새로운 무림의 하늘이 열리는 혈천의 시작을 알리면서.

"와아아! 비무대회를 어서 시작하시오!"

"기다리다 목 빠지겠소!"

어제의 흥분이 가라앉지 않은 무림인들이 벌겋게 상기된 채 이른 아침부터 승전장이 내려다보이는 언덕에 자리 잡았다.

그리곤 고래고래 소리 지르며 비무대회를 시작하라고 난
리였다.

한 자루 애병에 의지하며 부평초처럼 살아가는 무림인들
에게 오늘 같은 날들은 평생에 한 번 보기 힘든 일일 것이다.

그러기에 뜨거운 마음으로 소리치는 그들.

그들이야말로 살아 있는 무림이었다.

"오늘 최종 결승에 오른 사십 명 중 최종 승자 열 명이 정파
의 미래가 될 것이에요. 각파의 젊은 최고 기재들이기에 그
파에서도 미래가 보장된 상황. 거기에 천웅단까지 복용하면
확연하게 차이가 벌어지겠죠."

어느새 나와 한 덩어리가 된 인풍조.

단소소가 지혜로운 눈으로 비무장을 바라보며 입을 열었
다.

"늙을 때까지 살아남는다면 그렇겠지만요."

마지막으로 냉정한 단서를 다는 단소소.

아름다움과 지혜로움까지 겸비한 그녀의 말은 사실이었
다.

마지막까지 살아남아서 웃을 수 있는 자. 그자가 진정한 최
종 승자일 것이다.

"왔다!"

"어서 시작하시오!"

기다리기 지루했던 무림인들이 환호성을 질렀다.

곧 수십여 명의 무림맹 고수들이 비무장 뒤쪽에 만들어진 단상에 올라섰다.

"하하. 지난밤 잘 지내셨는지요?"

신기자가 사방 무림인들을 향해 포권을 취하며 안부를 물었다.

아무리 무림맹이 정도 무림의 중심이라지만 저렇게 몰려다니는 잡초 같은 무인들의 진정한 힘을 아는 신기자.

너그러운 그의 모습에서 나는 또 다른 가식을 읽을 수 있었다.

"그럼 바로 영웅단 최종 승자 비무전을 시작하겠습니다. 비무 방식은 어제와 같습니다. 그리고 오늘 열 명 이외에 최종 승자를 가리기로 정하였습니다."

"오오오! 그럼 영웅단 최고 기재를 뽑는단 말인가!"

"그래야지! 이왕 하는 김에 최종 승자를 뽑는 것이 재미있지!"

신기자가 또다시 비무 방식을 바꾸었다.

무림인들의 흥미를 극한으로 끌어올리려는 수작이었다.

"재미있군요. 최종 승자를 가린다면 각파의 순위가 자연스럽게 먹여질 것인데. 그것을 승낙하다니, 호오……."

단박에 상황을 꿰뚫는 단소소.

"아직 삼 년 수련도 끝나지 않았는데 너무 빠른 거 아냐?"

"쳇. 우리에게는 영영 기회가 없겠군."

인풍조원들이 입맛을 다셨다.

결국 그거였다.

듣기로, 최종 사십 명 진출자 중에 나와 한 명의 무림인을
제외하고 모두 천풍조원이라 하였다.

그것도 적당히 각 대문파의 기재들이 포함된 상황.

자기들끼리 일찍 영웅단의 결과를 나누어 먹으려는 수작
임이 분명했다.

"비무대회에 출전할 첫 영웅단원은 단상에 오르시오!"

신기자가 비무대회의 시작을 알렸다.

휙.

그 말이 끝나기 무섭게 한 명의 인영이 천풍조 소속에서 튀
어 올라왔다.

한 마리 제비가 물을 희롱하듯 가볍게 두 팔을 벌리고 허공
으로 뛰어올라 날렵하게 착지하는 자.

"남궁세가의 남궁승인입니다. 저에게 한 수 가르침을 주실
분은 오르십시오!"

당당하게 포권을 취하며 정광이 깃든 눈빛을 뿜어내는 남
궁승인.

오대세가 중에서도 가장 강력하다는 평가를 받는 남궁세

가의 세가원다웠다.

"오! 창천일검 남궁승인이다!"

"남궁세가의 떠오르는 샛별이라는 평가를 받는 이가 아닌가!"

아는 것도 많은 무림인들.

이십대 중반의 사나이다운 기개를 풍기는 남궁승인을 환대해 주었다.

'저자가 창천일검이군. 영웅단에서도 몇 번 본 적이 없던 자다.'

듣기로, 홀로 성웅단 수련동에서 폐관수련을 하였다는 창천일검 남궁승인.

열일곱의 나이에 복건 지방의 마두인 혈마삼공이라는 자들을 물리쳐서 무림명을 얻었다는 무림 기재였다.

"호오, 남궁승인이 올라왔으니 오대세가의 자제들은 참겠군요. 그렇다면 남은 것은 구대문파의 제자들인데……."

단소소가 옆에 앉아 쫑알쫑알 입을 놀렸다.

"탓!"

그때, 한 남자가 비무장에 올랐다.

단순하지만 호쾌한 신형으로 깔끔하게 나타난 자. 단소소의 예상과 달리 구대문파의 제자가 아니었다.

"하하. 소생은 차문동이라 합니다. 천하에 위명을 떨치는 남궁세가에게 한 수 가르침을 청하옵니다."

"엇! 저자는!"

"호오, 구대문파가 아니라 낭인이라 스스로 밝힌 무림인이군요."

'낭인? 그런데 어딘가 익숙한 저 모습은 무어지?'

남궁승인과 비견될 정도로 호탕한 모습을 보이는 차문동이라는 자.

낭인이라 했지만 입고 있는 옷은 일반적인 무림인들이 입지 않는 화려한 화복이었고, 들고 있는 검도 큼지막한 묘안석이 박혀 있는 보검이었다.

수상한 자였다.

"실례지만 사문이 어딘지요?"

나타난 자의 정체가 궁금했던지 포권을 취하며 사문을 묻는 남궁승인.

"하하, 사문이랄 것도 없습니다. 그저 아둔하지 않아 무공을 독학했습니다."

"음……."

어찌 보면 상대를 우롱할 수 있는 말을 서슴없이 꺼내는 차문동.

일반 무림인과 각파 기재들이 모두 포함된 영웅단 비무대회의 결승에 올라서 스스로 무공을 독학하였다고 뽐내는 말.

자존심 강한 대문파 제자들을 자극하는 언사였다.

"알겠습니다. 그럼 한 수 가르침을 청하옵니다."

하지만 내색하지 않고 담담하게 비무를 청하는 남궁승인.

무언가 제법 깊이가 있어 보였다.

창!

"남궁가의 청룡검이다!"

친절한 무림인들의 설명.

남궁세가의 직계들만이 들 수 있다는 한 마리 청룡이 검병에 음각된 청룡검.

만년한철로 만들어진 귀한 검으로, 남궁세가의 명예와 같았다.

"좋은 검입니다!"

스릉.

남궁승인의 검을 칭찬하며 자신의 검을 빼어 드는 차문동.

"허억! 저, 저것은!"

"묵령정강으로 만들어진 묵령검!"

"오오! 정말 저게 묵령검이란 말인가!"

화려한 보석이 박혀 있는 검.

만년한철보다 몇 배는 더 단단하고 마기의 침입을 막아주며, 거기에 진기를 순활하게 만들어준다는 전설상의 광물.

검을 잡는 모든 이들이 꿈꾸는 검이었다.

그런 묵령검의 묵직한 검기가 매끄럽게 빛나는 검은 검신
에서 샘솟듯 솟아올랐다.

'좋은 검!'

"온몸을 돈으로 치장했군요. 저자가 입고, 들고 있는 것들
을 모두 합치면 어지간한 상단 하나쯤은 살 수도 있겠군요."

단소소의 말처럼 차문동이라는 자가 걸치고 있는 모든 것
들은 모두 최상급의 물건들.

사방에서 탐욕스러운 시선이 차문동에게 쏟아졌다.

'무림맹을 벗어나면 노리는 자들이 있을 것이다. 그런데도
자신이 있단 말이지?'

어제까지만 해도 묵령검이 나타났다는 소리는 듣지 못했
다.

그렇다면 오늘을 위하여 특별히 준비를 했다는 소리였다.

"좋은 검이구려."

남궁세가가 자랑하는 보검보다 훨씬 좋은 검을 들고 서 있
는 차문동에게 싸늘한 시선을 보내는 남궁승인.

"뭐, 이 정도 가지고. 자, 그건 그렇고 어서 시작합시다. 내
남궁세가의 진산절기가 궁금하여 모든 일을 팽개치고 이곳에
왔습니다."

자신의 목적이 남궁승인에게 있음을 스스럼없이 밝히는
차문동.

"흥!"

그런 오만한 말투에 가볍게 콧소리를 내는 남궁승인.

파슷.

그의 손에 들린 검에서 푸른 청룡의 기운이 솟아오르기 시작했다.

"가주만 수련할 수 있다는 창궁대연신공을 수련했군요. 역시 다음 대 남궁세가를 이을 제목이라 하더니……."

아는 것이 많은 단소소. 역시 그녀는 쓸 만한 재녀였다.

"역시! 창궁대연신공입니다. 벌써 긴장감이 온몸에 흐르는군요."

비무가 시작되고, 남궁세가가 자랑하는 창궁대연신공을 알아보고도 겁없이 입을 여는 차문동.

파스스.

그의 손에 들린 묵령검에서도 검신을 닮은 검은 검기가 피어 나왔다.

"오오! 처음부터 검강이라니! 역시 최종 비무자들답다!"

"크아아! 이곳에 오기를 정말 잘했어!"

처음 대결부터 검강을 뽑아내자 환장을 하는 무림인들.

"타앗!"

"얏!"

검강을 뽑아낸 두 사람의 몸이 순식간에 부딪쳐 갔다.

'이놈이!'

처음부터 무언가 목적을 가지고 접근한 자.

남궁승인은 묵령검을 들고 남궁세가를 무시하는 놈의 여유를 빼앗고 싶었다.

그렇기에 처음 일초부터 가문의 상승 검법 중 하나인 구룡제왕검법을 펼쳤다.

수백 년 동안 남궁세가를 지켜온 구룡제왕검법.

총 아홉 식의 짧은 검식이지만 구룡제왕검법은 남궁세가의 이름이었다.

'구룡창출!'

남궁승인의 의지를 담은 청룡검.

쉬리리리리리리리링.

한 마리 청룡이 꿈틀거리며 물을 박차고 승천하듯, 검이 폭발적이고 역동적으로 움직였다.

그 순간 사방 수십 장의 공간을 점하는 남궁승인의 검.

형체를 이룬 푸른 검기가 차문동이라는 자의 사방을 완벽하게 제압해 갔다.

"얏!"

그때,

남궁승인의 귓가에 들리는 맑은 음성.

우르르르르르릉!

차문동의 손에 들린 묵령검에서 믿을 수 없는 우렛소리가
울렸다.

'서, 설마!'

그 우렛소리에 설마라는 생각을 품은 남궁승인.

하지만 이미 한 번 발동된 구룡제왕검법은 멈출 수 없었다.

그리고 그렇게 두 사람의 검은 허공에서 강하게 부딪쳤다.

쩌저저저저저정!

우르르르르르릉!

미친놈들이 분명했다.

처음 일수부터 각자가 소유한 최고 절기를 펼치는지 화강
암으로 만든 비무대를 박살 내고 있는 두 사람.

청룡과 묵룡이 뒤엉켜 싸우듯 두 사람의 신형은 엄청나게
빠른 속도로 부딪쳐 갔다.

"대연천뢰검법이다!"

"오오! 삼백 년 전에 절전된 검법이 실제로 존재하다니!"

'대연천뢰검법! 호오, 삼백 년 전 무림을 휩쓸었던 묵령검
시 양백동의 무공이 나타나다니. 저자는 누구란 말인
가……?'

의문에 의문을 더해가는 차문동.

"하하하!"

"으헛!"

첫 번째 격돌을 시작으로 어느새 십여 수가 넘어가는 두 사람의 박진감 넘치는 격돌.

무림인들뿐만 아니라 무림맹 고수들조차 지금 벌어지고 있는 사태에 넋을 잃고 있었다.

영웅단원들 중에서도 최상위에 속하는 남궁승인을 몰아붙이는 신분 모르는 자의 일검.

"으아아! 호, 혼원벽력검이다!"

"남궁세가의 절기인 창궁무예검법이다!"

놀라움은 놀라움으로 끝나지 않았다.

이를 악문 두 사람의 검은 어느새 또 다른 최상의 검결로 이어지고 있었다.

"와! 혼원벽력검이에요. 무림 십대검결 중 하나인 혼원벽력검을 어떻게 저자가 알고 있는지!"

단소소가 놀라 자리에서 벌떡 일어나 소리쳤다.

'무림 십대검결!'

지금 펼쳐지고 있는 남궁세가의 창궁무예검법도 십대검결 중 하나다.

그렇지만 혼원벽력검도 백 년 전에 절전된 혼원자라는 자의 절대검결.

서로 우위를 가릴 수 없는 두 검법이 허공에서 부딪쳤다.

콰르르르르릉!

쩌저저저저정!

검강과 검강으로 이루어진 무시무시한 대결.

어제의 예선전은 그저 예선전이라는 것을 보여주고 있었다.

'대단하군. 차문동이라는 자도 무섭지만 남궁승인, 저자의 성취는 놀랍다. 이 년 전 나의 성취와 비슷하다.'

당시만 해도 천하의 적수가 별로 없을 것이라 생각했건만, 오늘 또다시 오만했던 나의 과거를 반성했다.

무림에 널린 고수가 항하의 모래알처럼 많다는 말이 거짓이 아님이 다시 밝혀진 것이다.

퍼버벙!

"크흑!"

"컥!"

내가 그렇게 반성하고 있는 사이, 묵직한 두 마디의 신음이 비무대에서 들려왔다.

그리고 뿌옇게 휘돌았던 먼지 구름을 뚫고 보이는 두 사람의 모습.

남궁승인은 왼팔을 부여잡고 있었고, 의문의 사나이 차문동은 피가 흐르는 심장 부근을 움켜잡고 있었다.

“나, 남궁 공자의 승리다!”

“와아아아! 역시 남궁세가!”

겉으로 보기에는 남궁승인의 우세.

하지만 나의 눈에 보였다.

비웃음 가득 담긴 차문동의 미소가.

‘차문동이 마지막 한 수에 힘을 거두었군. 후후.’

차문동과 달리 승자이면서도 침중한 안색의 남궁승인.

“남궁세가의 남궁승인의 승리를 선언합니다.”

비무 주관자인 신기자가 서둘러 남궁승인의 승리를 선언
했다.

“하하하. 한 수 잘 배웠습니다. 역시 남궁세가는 명불허전
이군요. 그럼 다음에 뵙겠습니다.”

패배를 자인하고 호탕한 웃음을 짓는 차문동.

남궁승인에게 비소를 짓고는 황급히 신형을 날렸다.

타다닥.

그리고 그렇게 사라지는 차문동의 뒤를 따라 수십 명의 무
림인들이 몸을 날리는 것도 보였다.

‘창궁무예검법, 혼원벽력검. 역시 무림 십대검결이다.’

오성 정도의 성취만 보였던 두 사람.

내가 보기에 두 검법을 극성으로 연마하면 심검을 얻을 수
있음이 분명했다.

“무림 십대검결을 여기서 보게 되다니. 호호. 검황의 검황천황검만 보면 더할 나위 없이 호사겠군요.”

‘검황천황검.’

당당히 정파 제일의 검법으로 알려진 검법. 그 명성답게 검보에 황 자가 두 개나 들어가 있었다.

‘그런데 검황 유문혁은 어디에 있는가? 십여 년 전에 갑자기 사라진 후 모습을 보이지 않다니. 소문처럼 정말 은거라도 한 것인가?’

신교의 발호 때 꺼져 가던 무림을 살려주었던 검황 유문혁.

갑작스럽게 의문이 들었디.

하지만 검황이라는 칭호를 받은 이를 어찌할 수 있는 자는 없을 것이다.

당시 신교의 젊은 교주였던 마황 구천마검 진염도 수천 초만에 무릎을 꿇었다는 전설로 불리는 검의 황제.

한 번쯤 만나고 싶었다.

그를 만나면 요즘 다시 부딪친 심검의 벽을 깨뜨릴 수 있을 것이기에.

“다음 출전자는 단상에 오르시오!”

남궁승인과 차문동이라는 자의 비무에 의해 엉망이 된 비무장.

하지만 고수들에게 그런 장애쯤은 아무것도 아니었다.

휘익.

"와! 화산의 청운신법이다!"

"옥룡일수 유장호 대협이다!"

한줄기 푸른 구름처럼 가볍고 표홀한 화산의 독문 신법인 청운신법.

"화산의 유장호라 합니다. 저에게 한 수 가르침을 하사할 분을 청하옵니다!"

하얀색 영웅건이 잘도 어울리는 유장호.

드디어 기다리던 놈이 나타났다.

"서, 설마 출전할 건 아니겠죠?"

내가 자리에서 일어나려 하자 놀라 묻는 단소소.

"왜 안 되는 이유라도 있소?"

"그게 아니라, 저자는 매화검수인데……."

말끝을 흐리는 단소소.

대문파는 규율이 엄정하여 기사멸조의 하극상을 절대 용서하지 않았다.

그런데 지금 진산제자인 매화검수에게 암묵적인 계율을 무시하며 나가려는 속가제자인 나.

단소소가 말리는 것이 당연했다.

"여기는 무림이오. 문파가 내 목숨을 책임져 주는 곳이 아니오."

“아…….”

차가운 나의 냉소에 신음을 터뜨리는 단소소.

탓.

가볍게 대지를 박찼다.

철저히 버리기로 마음먹은 화산의 무공.

이미 스스로 무공을 창안할 수 있는 깨달음을 얻을 수 있기에 초식의 구애 따위는 없었다.

다만 있다면, 아직도 내가 화산파 속가제자라는 신분뿐이었다.

第五十章
살검과 살기 위한 검

탁!

"아고고고!"

"허어! 이것도 막지 못하다니! 이러고도 단주가 화산파 속가제자라고 할 수 있소!"

"초, 총표두, 오늘은 이만 합시다!"

"으으으으……."

이 년 동안 과거의 성세를 회복한 난주의 운룡 상단.

그 상단의 주인이 기거하는 화가장, 그 연무장에서는 요즘 매일같이 곡소리가 울려 퍼졌다.

“갈! 아직 해가 중천에 떴거늘 벌써부터 검을 놓으려 하다니! 단주를 보고 있는 표사들이 부끄럽지도 않소!”

‘저 빌어먹을 놈들이 약을 처먹었나.’

운룡 상단의 특급 표사이자 총표두로 임명된 단무정의 호통에 눈을 씰룩이는 운룡 상단의 주인 화상락.

운룡이가 떠나고 몇 달 동안 참았던 기생질을 마음 놓고 하였다.

그러던 어느 날, 그날도 난주에 새로이 들어온 기녀를 끼고 잠이 들었던 화상락은 날벼락을 맞아야 했다.

자고 있던 화상락을 다짜고짜 무지막지한 몽둥이로 패기 시작한 단무정.

감히 누가 나서서 특급 표사를 말릴 수 있겠는가.

그렇게 한 시진을 개방 제자의 밥그릇을 훔친 개 새끼처럼 얻어터진 화상락은 지옥을 경험해야 했다.

그리고 시작된 소싯적 화산파에서 수련했던 속가제자의 수련은 저리 가라 할 정도의 악독한 수련.

벌써 일 년을 훌쩍 넘어가고 있었다.

“일어나시오, 화 단주. 오늘은 단주의 썩어빠진 정신을 위하여 특별 대련을 실시하겠소!”

“헉! 트, 특별 대련!”

특별 대련이라는 말에 마음속으로 욕을 퍼붓던 화상락은

얼굴이 하얗게 변하였다.

말이 특별 대련이지, 이것은 구타를 가장한 폭력의 미화였다.

"큭."

"키이."

상단주 화상락의 얼굴이 하얗게 변하자 웃음을 참지 못하는 표사들.

운룡 상단에 새로이 입단한 표사들이었다.

아니, 표사를 가장한 무공 수련생들이 맞는 표현이었다.

이미 난주에 소문이 쫘악 니 있는 특급 표사 단무정의 무공 실력.

무공을 수련하고자 하는 이들이 앞 다투어 운룡 상단의 표사로 입단하였다.

그리하여 싼 가격에 표사들을 부리며 제이의 전성기를 구가하고 있는 운룡 상단.

하지만 화상락은 울고 싶었다.

무림맹으로 떠난 아들이 쥐꼬리만 한 내공을 상실하였다는 소문이 들려왔다.

그 이후로 변한 단무정.

차라리 다시 화산에 들어가서 수련하고 싶은 심정이었다.

"자! 받아보시오."

쉬익.

울상을 짓고 있는 화상락에게 날아오는 무식한 대련용 목검.

"으앗!"

이에 비명을 지르는 화상락은 힘껏 검을 틀어 막았다.

그 수법이 과거와 비교할 수 없을 정도로 쾌활하고 빈틈이 없는 모습.

이미 화산파 속가제자의 수준을 넘어서고 있었다.

퍽!

하지만 그것은 어디까지나 화상락의 수준.

한계를 벗어난 특급 표사 단무정의 목검이 어느새 옆구리에 틀어박혀져 있었다.

'이 정도면 매화검수 수준은 되겠군.'

호색하고 게을러터진 화상락이 어느새 고수로 탈바꿈했다.

재질이 그리 떨어지지 않았기에 가능한 일이었다.

'운룡이, 이 녀석……. 내공을 상실했으면 나를 찾아올 것이지…….'

애꿎은 화상락을 뚜드려 패면서 자광은 화운룡을 떠올렸다.

화산에서 죽을 둥 살 둥 자신에게 얻어터지면서도 웃음을 잃지 않던 화운룡의 밝은 모습.

오늘따라 더욱… 생각이 났다.

마음 같아서는 무림맹으로 날아가 화운룡을 치료해 주고 싶었지만 난주로 돌아오지 않은 것을 보면 무언가 생각이 있는 것 같았다.

'용이 하늘을 날기 위해서는 수많은 인내의 세월을 보내야 하는 것. 그래, 운룡아. 이번 기회를 발판 삼아 천하무림을 호령하는 천룡이 되거라!'

운룡에 대한 믿음을 잃지 않는 자광.

그는 알고 있었다.

그가 알고 있는 화운룡이 그리 쉽게 포기하거나 좌절하는 인간이 아니라는 것을.

화운룡.

그는 자광이 화산에서 잉태한 한 명뿐인 제자였다.

'저, 저놈이!'

아무리 놈이 건방지고 주제 파악 못할 정도로 이성을 상실한 자라 할지라도 이것은 아니었다.

감히 수많은 무림인들이 지켜보고 있는 가운데 화산의 진산제자인 자신에게 검을 들이대는 겁없는 속가제자.

유장호는 손끝이 떨리는 것을 느꼈다.

어제 저놈이 점창 장로와 아미파 장로가 펼친 검을 막아내고, 청성 제자 하염돈과 황보세가의 기대를 한 몸에 받고 있는 황보옥야를 박살 낸 것 또한 알고 있었다.

그러나 제 놈이 화산 제자라면 자신에게 도전하지 않을 것이라 생각했다.

보이지 않는 문파 내부의 관습.

진산제자가 출전하는 비무대회에 속가제자가 출전하지 않는 것이 지금까지 무림에 내려오는 관례였다.

그런데 놈이 나타났다.

입가에 차가운 미소를 머금고 자신을 향해 포권을 취하는 자.

"인풍조 소속 화운룡, 한 수 가르침을 청하옵니다."

자신을 화산파 제자라 밝히지 않고 인풍조임을 강조하는 화운룡.

스스스.

화운룡의 몸에서 매서운 기세가 몰아쳐 왔다.

꿀꺽.

마른침을 삼키는 유장호.

청성의 하염돈과 황보세가의 황보옥야보다 뛰어난 실력은 아니었다.

하지만 수많은 무림인들이 보고 있는 상황에서 비무를 거절할 명분은 없었다.

"저자의 실력을 최대한 드러나게 하여라. 살수를 펼쳐도 좋다."

그때, 귓가에 들리는 익숙한 이의 전음.

고개를 끄덕이는 유장호.

마음을 진정시키고 건방진 화운룡을 향해 입을 열었다.

"화산파 매화검수 유장호, 비무를 받아들이겠습니다."

살수를 펼쳐도 된다는 말에 더 이상 고민할 필요가 없었다.

유장호, 그에게도 저 오만한 자식의 심장을 찢어버릴 비장의 한 수쯤은 있었다.

"아……."

제발 일어나지 않기를 바랐던 상황이 펼쳐지자 설수아는 신음을 흘렸다.

화산 매화검수 대 속가제자의 한 판 승부.

천 년 화산 역사상 없던 일.

화운룡의 등장에 모든 사람들이 경악의 표정을 지었다.

관습으로 내려오는 무림 문파의 규율이 깨졌다.

만약 이 상황에서 화운룡이 매화검수를 꺾기라도 한다면 더 말할 것도 없었다.

'화운룡! 왜 그러는 거야! 왜!'

가슴이 답답하고, 심장이 터질 것 같은 감정의 폭풍에 빠진 설수아.

그녀의 보석 같은 두 눈은 눈물을 머금고 있었다.

내공을 회복하고도 장로들에게 보고하지 않은 죄도 추궁당할 수 있건만, 이제는 아예 돌이킬 수 없는 대죄를 범하려는 화운룡.

투둑.

설수아의 차가운 뺨을 타고 한줄기 눈물이 흘렀다.

그리고 화운룡의 손에서 속가제자에게 허락되는 철검이 뽑혀 나왔다.

스릉.

내 등장에 잠시 놀라던 유장호가 갑자기 태도를 돌변하였다.

"난주신검이 화산파 속가제자라 하지 않았나?"

"그, 그러게 말이야. 그런데 본산의 매화검수에게 검을 들다니?"

"무슨 상관이야? 무림맹에서 벌어지는 정식 비무대회인데. 이기면 그만이지."

"매화검수인 옥룡일수 유장호 대협과 속가제자인 난주신검 화운룡 대협의 비무라니! 크으, 오늘 화산의 무공을 제대로 견식하겠군.”

귓가로 들려오는 수많은 무림인들의 웅성거림.

파란을 예고할 줄 알고 있었다.

그러나 검을 들지 않을 수 없었다.

유장호, 저자의 가증스러운 죄를 내 양심이 허락지 않았다.

창!

“속가제자를 선공할 수 없으니 한 수 양보하마. 와라!”

당당히 검을 들고 자세를 취하는 유장호.

“흐흐.”

가증스러움에 더한 가식.

타닷.

검을 들고 그대로 달렸다.

파바밧!

스치는 바람결.

“헛!”

그리고 놀라는 유장호의 얼굴.

땅!

정면에서 부딪치는 검과 검.

위이이이잉,

나의 이성 내공에 맞고 뒤로 튕겨져 나가는 유장호의 검과
몸뚱이.

“크윽…….”

타다닥.

삼 장이나 물러나 웅웅거리는 검을 힘겹게 움켜잡고 신음을 흘리는 유장호.

까닥까닥.

검끝으로 유장호를 자극했다.

“허어…….”

“화, 화산이 저럴 수가!”

놀라는 귀빈석의 무림맹 고수들의 탄식.

“이놈이!”

이를 악문 유장호가 어느새 핏발선 눈동자로 치켜들며 달려왔다.

진산제자만이 펼칠 수 있는 섬전매화보를 펼치며 현천검의 기수식을 취한 채 달려오는 유장호.

그의 온몸에서 진득한 살기와 투기가 뿜어져 나왔다.

“후후.”

이제야 싸울 맛이 났다.

휘리링.

허공에 한 바퀴 반원을 그리는 철검.

“타앗!”

나의 신형이 달려오는 유장호를 향해 번개처럼 쏘아져

졌다.

그 누가 뭐라 해도 이 순간 나는 내 양심의 검을 드는 순간!

문파도 명예도 필요없었다.

오직 죄 지은 자에 대한 나의 징벌만이 존재했다.

따다다당!

"크윽!"

우당탕!

화산이 자랑하던 매화검수가 속가제자가 펼치는 평범한 일초를 감당하지 못하고 비무상 바닥에 나뒹굴었다.

"……"

일순간 찾아온 침묵.

수만 무림인들의 머릿속은 이 순간 복잡하기 그지없었다.

매화검수를 단 일 초에 저리 만들 수 있는 실력.

각파의 장로라도 펼치기 힘든 한 수라는 것을 모두 알고 있었다.

까닥까닥.

넘어진 자신의 선배 유장호를 향해 자극적인 행동을 취하는 희윤룡.

"이, 이놈이……"

이를 악물고 검을 들고 일어서는 유장호.

단 한 번의 일격에 준수한 외모와 깔끔한 옷차림의 유장호가 봉두난발로 변해 있었다.

그런 유장호의 입에서 흘러내리는 핏줄기.

내상을 입었음이 분명했다.

'도, 도대체 무엇을 원하는 것인가!'

화산학선 자운 장로는 눈앞에서 벌어지는 일전에 할 말을 잃었다.

그동안 화운룡이 화산파 제자들에게 수난을 당한 것을 자운도 어렴풋이 짐작하고 있었다.

그러나 이런 행동은 잘못된 것이었다.

아무리 그래도 화운룡은 화산의 제자.

문파와 선배에 대한 최소한의 예의는 잃어버리지 말아야 했다.

"허어……."

"어찌 문파의 존장에게……."

혀를 차는 다른 대문파의 장로들.

자운과 자공을 힐끔거리며 바라보았다.

"이이!"

이를 가는 자공 사제의 모습.

자운은 쓴 입맛을 다셨다.

그때, 비틀거리며 일어난 유장호가 이를 악무는 모습이 보였다.

　‘헛! 저, 저것은!’

　그리고 검을 치켜드는 유장호의 모습을 바라보며 놀라 자신도 모르게 입을 벌렸다.

　‘응?’

　갑자기 달라진 유장호의 기세.

　흉신악살처럼 입가에 피를 물고 눈가에 핏발이 가득 들어찬 유장호가 검을 치켜들었다.

　그 순간 느껴지는 싸늘한 기운.

　대라검의 기수식처럼 보였지만 달랐다.

　‘살검이다! 화산에는 저런 검이 없거늘.’

　그러했다.

　유장호의 검에서 풍기는 기운은 철저한 살검의 기운.

　광명정대한 화산이 품을 수 없는 검이었다.

　“받아라!”

　잃어버린 자존심을 찾기 위하여 생사대적을 향해 달려들듯 다가오는 유장호.

　그의 검우 파랗게 물들어 있었다.

　쉬이이이이익―

　그리고 대기를 갈라오는 유상호의 검.

파란 독기를 품은 독사의 독니였다.

'마지막이다.'

검을 꾸욱 움켜잡았다.

탓.

가볍게 대지를 박찼다.

쉬리링.

그 순간 피부에 느껴지는 유장호의 검.

오직 사혈만을 노리고 매서운 검기의 폭풍이 몰아쳐 왔다.

본 적 없는 화산마검.

이 순간 유장호의 모습은 화산 매화검수가 아닌, 마공을 펼치는 사파 놈과 다를 바가 없었다.

'가랏!'

가증스러움에 더해 감히 화산이 품지 말아야 할 검을 품은 유장호.

용서가 되지 않았다.

파바밧!

검에서 느껴지는 분노의 기운.

사방을 점하고 매섭게 달려오는 유장호를 향해 그대로 힘으로 내리찍었다.

쿠아아아아!

검에서 느껴지는 엄청난 힘.

대웅을 물려고 미련하게 고개를 쳐든 살모사의 대가리를
그대로 후려쳤다.

퍽!

"끄아아아악!"

길게 울리는 비명.

터더더덩.

그리고 오 장여를 날아가 바닥을 구르며 한참을 날아가는
유장호.

털썩.

굴러간 채고 그대로 혼절했는지 더 이상 움직이지 않았다.

"자, 장호야!"

놀라 달려온 화산파의 장로인 자공과 자운.

자운 장로가 급히 피를 토하는 유장호의 혈도를 짚어갔다.

"네 이놈! 감히 기사멸조의 죄를 범한 것이더냐!"

분노에 찬 자공 장로의 싸늘한 음성.

금방이라도 검을 발출할 것 같은 예기가 폭풍처럼 풍겨져
나왔다.

"살기 위해서 검을 들었습니다."

내 말에 이를 악무는 자공.

아마도 유장호가 펼치는 무공의 정체를 알고 있는 것 같았
다.

"이곳은 화산이 아닙니다. 그리고 오늘은 목숨을 내놓고 펼치는 무림인들 간의 비무. 저는 최선을 다했을 뿐입니다."

자공에게 포권을 취하였다.

"인풍조 화운룡의 승리를 선언합니다!"

어느새 나타난 신기자 제갈담운이 나의 승리를 선언하였다.

"……."

그러나 일절 무림인들의 환호성은 없었다.

대신 이 상황을 파악 못한 의혹의 시선만이 비무장을 향했다.

"오라버니!"

"아이고, 귀야! 이 오빠 귀 안 먹었다!"

무림맹의 비무대회장에서 빠져나온 묵령검의 주인 차문동.

무한으로 이르는 관도 위에서 화려하게 만들어진 한 대의 마차를 만났다.

"잘하는 짓이에요! 오 년 폐관 뒤에 벌이는 첫 번째 일이 무림맹에서의 비무라니! 이미 아버지께 보고가 되었으니 단단히 각오하셔야 할 것이에요!"

"아령아, 넌 남자의 세계를 모른다. 한 자루 검을 차고 살아가는 남자의 숙명을……. 캬아!"

자신의 기분에 한껏 취한 미장부 차문동.

"흥! 숙명요? 잘하십니다. 금화련의 둘째 공자께서 가문의 일은 내팽개치고 낭인을 꿈꾸다니. 아버지께서 무척 좋아하시겠습니다."

"아, 아니, 내 말은 그게 아니고."

방금 전까지 비무대회에서 멋진 기협의 모습을 보였던 차문동.

그러나 눈앞에 아름답기 그지없지만 한껏 토라진 동생에게는 고양이 앞의 쥐였다.

"당주님, 떨거지들이 쫓아오고 있습니다."

마차 밖에서 들리는 금화련 무사의 음성.

"오빠가 벌인 일이니 오빠가 알아서 하세요. 금화련의 비밀 고수로 육성하려던 아버지의 계획을 한순간에 망쳐 버린 잘나신 오라버니께서 말이에요!"

"아, 아니, 사랑하는 동생아."

"동생이요? 저에게는 차문동이라는 이름을 사용하는 오라버니는 없습니다. 있다면 차문혁이라는 함자를 사용하는 말 잘 듣고, 가문에 충성하는 둘째 오라버니만 있답니다."

커다란 눈을 동그랗게 뜨고 정색을 하는 차아령.

금화련의 재녀로 무림에서는 금화신녀라 불리는 무림명을

소유한 여인이었다.

"오빠가 잘못했다. 이번 한 번만 용서해 다오."

오 년간의 폐관수련을 마치고 무림에 나온 금화련주의 둘째 아들 차문혁.

오 년 전이나 지금이나 달라진 것 없는 자신의 처량한 신세를 깨닫고 백기를 흔들었다.

그 모습을 사악한 웃음을 지으며 바라보는 차아령.

"이번 한 번만 용서해 줄 것이에요. 다음에도 이러면 아버지께 말해 십 년 폐관을 추진할 것이에요!"

인심 쓰듯이 말을 꺼내었다.

"아, 알았다! 제발 십 년 폐관만은……."

울상이 되어가는 차문혁.

오 년 전에도 저 영악하기 그지없는 동생의 계략에 의해 오 년 폐관을 당해야 했다.

"청무조는 쫓아오는 자들을 알아서 처리하세요."

"존명!"

창밖을 향해 명을 내리는 차아령.

방금 전까지 오라버니에게 투정을 부리던 여인의 모습은 사라지고 금화련의 당주 신분으로 돌아간 차아령.

"오라버니, 이번 비무대회에서 화운룡이라는 자가 참가했습니까?"

두두, 두두두.

차아령은 감정 없는 표정으로 달리는 마차 안에서 조용히 질문을 던졌다.

"화운룡? 아! 난주신검 화운룡. 참가했지, 그것도 아주 인상 깊게 말이야. 다음에 한번 만나면 검을 겨뤄보고 싶은 자였다."

차문혁의 진심 어린 목소리.

"그래요……. 그랬군요."

오리비니의 말을 귓가에 흘리며 고개를 끄덕이는 차아령.

'화운룡, 아직 살아 있었구나.'

난주에서 한껏 호기를 부리고 사라졌던 화운룡.

차아령은 무림맹에서 들려오는 모든 소식을 알고 있었다.

화운룡의 비극적인 무림맹 생활을.

그러나 차아령은 믿고 있었다.

화운룡은 날개가 그리 쉽게 꺾일 이무기가 아니라는 것을 말이다.

第五十一章 나의 검은 누구의 것인가

　　　"휴우! 대단해요. 이제 한 번만 더 이기면 십위 안에 들 수 있어요."

　　"크으! 정말 멋진 한 수였소!"

　　"내 생전에 매화검수가 그리 무참하게 쓰러진 모습은 처음입니다! 대단하십니다!"

　　비무장을 침묵으로 만들어 버리고 돌아온 나를 반기는 단소소와 이품조원들.

　　자신의 일처럼 진심으로 기뻐해 주었다.

　　"그런데 어쩌죠? 우리 말고 다른 사람들은 별로 달가워하지 않는 표정이니……."

단소소가 사방을 둘러보며 입맛을 다셨다.

그럴 것이다.

자칭 정도 무림인들의 중심인 무림맹.

그 안에서 벌인 파격적인 내 행동에 다들 분노를 느낄 것이
다.

하지만 그깟 것들은 중요하지 않았다.

힘이 법이라는 것을 확연히 깨달은 나.

강자인 내가 곧 법이었다.

"와아아아! 작월철화 남궁미연이다!"

"크으! 오늘 눈이 제대로 호사를 하는구나!"

무림 오봉 중 한 명인 남궁미연이 무대에 나타났는지 환호
성을 지르는 무림인들.

방금 전 상황은 모두 잊고 새로운 영웅을 맞이하고 있었다.

'무림이란 이런 것이다. 철저하게 자기중심적인 이들의 세
계. 어설픈 영웅 심리와 몇몇 주도적인 이들의 선동에 휘둘리
는 군중심리. 특히, 정파는 더 가증스럽다.'

지난 이 년간 보아왔던 무림맹과 영웅단 기재들의 가증스
러운 모습.

약자를 위한다는 자들이 오히려 약자를 괴롭히는 구조.

그들에게 약자는 자신들보다 약한 안면이 있는 자들의 안

위였다.

그리고 나머지는 그저 밟고 올라가는 계단에 불과했다.

오직 자신의 영광을 위해서.

'내가 믿을 것은 오직 내 검뿐이다. 잊지 말자, 화운룡.'

달라져 버린 세상의 진실.

나 또한 달라져야만 살아남을 수 있었다.

슬프고 비겁한 자의 변명 같지만, 그것이 바로 무림이었다.

둥! 둥! 둥!

아침나절이 지나고 시작된 오후의 최종 결승.

거친 북소리가 요란하게 비무장인 승전장에 울려 퍼졌다.

"와아!"

"시작해라! 어서~!"

그리고 언제나 비무에 굶주린 무림인들이 함성을 질러대었다.

"이제 최종 비무대회를 실시하겠습니다. 이제 남은 비무원들의 숫자는 이십 명. 한 번의 비무만 승리하면 무림맹에서 준비한 천웅단을 하사받을 수 있습니다."

시기자 제갈담유이 약장사처럼 사람들의 마음을 자극했다.

"천웅단이 뭐래?"

“이 바보 같은 사람아, 그 천웅단을 몰라? 한 알을 복용하면 이십 년의 내공이 증진된다는 영단을 말이야!”

“헉! 이, 이십 년!”

평범한 토기운납법으로 이십 년간을 쉬지 않고 운용해야 얻을 수 있는 내공.

무림인들이라면 누구나 꿈꾸는 영단임이 틀림없었다.

“비무 방식은 동일합니다. 비무장에 오른 비무자와 비무를 벌이고 싶은 비무자가 올라오면 됩니다. 그럼 바로 시작하겠습니다.”

“오오! 시작한다!”

“캬아! 심장 떨리네.”

수많은 무림인들에게 추억을 만들어준 영웅단 비무대회가 마지막을 향해 달리고 있었다.

아마 이번 비무대회가 끝나면 호사가들의 입으로 부풀려진 소문이 천지를 요동칠 것이다.

“호호. 다들 몸이 바짝 달아올랐군요.”

내 옆에 찰싹 달라붙어 입을 여는 단소소.

그녀의 맑은 눈동자가 반짝였다.

“이제 한 번만 이기면 영단을 얻을 수 있어요. 화 공자는 좋겠어요. 실력이 있어 그런 기회도 잡을 수 있으니 말이에요.”

단소소는 솔직하게 자신의 마음을 드러내 보였다.

"영단을 갖고 싶나?"

"그걸 말이라고 해요, 호호. 저도 꿈 많은 무림인이랍니다."

내 물음에 당연하다는 표정을 짓는 단소소.

붙임성있는 그녀의 모습에 고개를 끄덕였다.

"좋아. 그럼 내가 하나 선물하지."

"네, 네에?"

내 말에 눈을 한껏 부릅뜬 단소소

은근히 귀여운 구석이 많있다.

퍼버벙!

"역시 남궁세가야!"

"대단해. 벌써 두 명이나 비무 결승에 진출하다니!"

종남파의 제자를 물리친 남궁미연.

그녀의 이마에 땀방울이 송골송골 맺혀 있었다.

찌릿.

승리에 도취된 상태로 포권을 취하던 그녀.

삼십여 장 떨어진 곳에 있는 나와 우연히 눈길이 마주쳤다.

"미안해요."

그 순간 들려오는 개미 소리 같은 전음.

제법 내공이 강한지 삼십여 장 떨어진 나에게 전음을 정확히 보내었다.

전음에 대꾸하지 않았다.

사실 구룡오봉에 속한 이들과 나는 악연이었다.

그렇기에 비무에 올라오는 구룡오봉의 기재들이 나타나는 족족 치욕적인 패배를 안겨주었다.

하지만 저 여인, 남궁미연은 그중에서 그나마 나은 여인이었다.

다른 이들이 서슴없이 나를 비웃을 때, 언제나 얼굴을 붉히며 안절부절못하던 남궁미연.

마음 약한 여인이었다.

"무당일협 단소운 대협이다!"

"오오! 새로이 떠오르는 무당의 희망이라던!"

귓가에 들려오는 무림인들의 함성.

무림명호가 무당일협이라는 것으로 보아 제법 협행을 한 것 같았다.

"무당의 단소운입니다. 소생에게 가르침을 주실 영웅은 없으신지요."

입가에 대무당파 제자다운 너그러운 미소를 지으며 포권을 취하는 단소운.

입가에 절로 미소가 지어졌다.

오 년간 나를 괴롭혀 왔던 검은 그림자.

오늘 마무리를 지어야 할 순간이 온 것이다.

스윽.

자리에서 일어났다.

"어!"

"이번에는 무당입니까?"

"캬아! 좋습니다. 인풍조의 명예를 지켜주십시오!"

자리에서 일어나자 한 마디씩 하는 인풍조원들.

상황을 즐기고 있었다.

자신들의 힘으로는 도저히 어찌해 볼 수 없는 현실.

나를 통해 대리만족을 하는 것 같았다.

"너무 무리하지는 말아요."

인풍조원들과 달리 걱정이 담겨 있는 단소소의 전음.

저벅저벅.

다른 이들처럼 멋들어진 신법을 펼치지 않고 천천히 비무장을 향해 걸어나갔다.

"나, 난주신검이다!"

"오오! 이번에는 무당파와 한 판 벌이는 것이야!"

한 걸음 한 걸음 옮겨질 때마다 무림인들의 환호성이 들려왔다.

패자무언이라는 말처럼 승자만이 자신을 말할 수 있었다.

꿈틀.

내가 나타나자 눈썹을 꿈틀거리는 단소운.

단소운의 눈을 똑바로 바라보며 엉망이 된 비무장에 올라섰다.

"인풍조 화운룡, 무당의 검을 견식하겠소이다."

한 치의 흐트러짐 없이 예를 취했다.

"화, 화운룡. 악연은 여기서 접자."

떨리는 목소리의 단소운의 전음.

스윽 고개를 들어 단소운을 바라보았다.

"한 번만 져다오. 그럼 내 아버지를 통해 운룡 상단을 보호해 주겠다. 아니, 재물을 원하면 재물까지 주겠다."

입술을 달싹거리며 더러운 제안을 하는 단소운.

얼마 전까지 나를 비웃던 그자의 모습은 그 어디에서도 찾아볼 수 없었다.

창.

다시 뽑혀지는 검.

"화운룡! 정말 무당이 무섭지 않단 말이더냐!"

이제는 무당의 이름까지 팔았다.

"말이 없으시다면 제가 선공을 취하겠습니다."

검으로 단소운의 더러운 입을 가리켰다.

스릉.

그제야 검을 뽑는 단소운.

그자의 눈동자에서 악독함이 줄기차게 뿜어져 나왔다.

대무당파 진산제자라는 놈이 보이는 진실한 면목이었다.

"얍!"

다른 놈들처럼 선공을 말하지 않은 단소운.

검을 찔러왔다.

무당파 특유의 태극의 현기가 숨어 있는 무당검.

사람의 성품과 무공은 전혀 관계가 없었다.

하늘의 태양이 모든 만물에 똑같이 무심한 것처럼 무공 또한 그리했다.

그저 무공은 무공.

사람은 사람이었다.

쩌저저저벙!

무당이 자랑하는 태극칠검이 평범하기 그지없는 초식들의 결합에 튕겨져 나갔다.

"으헛!"

짧은 비명을 지르며 자세를 고쳐 잡는 단소운.

입만 살아 있지는 않았다.

'무당파의 검은 현묘하구나. 화산의 검과는 확연히 다르다.'

소림과 함께 무림 양대산맥이라 불리는 무당.

결코 허언이 아니었다.

찌릿.

단 한 번의 격돌에 다섯 걸음이나 물러난 단소운.

나를 죽일 듯이 노려보았다.

스윽.

그러더니 어느새 무표정한 모습을 취하였다.

그리고 단소운의 검에서 검기가 아지랑이처럼 피어올랐다.

턱.

오른발을 바닥에 찍으며 검을 수평으로 들었다.

윙.

천지와 동화된 검이 가볍게 떨었다.

아직 허기진 나의 검.

내 검은 배가 고팠다.

더 높은 깨달음을 위하여, 앞을 막아서는 모든 것을 집어삼켜야 했다.

그리고 지금, 또 내 앞을 막아서는 무당의 검을 노렸다.

아무리 태극의 현묘함을 품은 무당의 검이라지만 허기진 내 검을 막을 수는 없었다.

"탓!"

이를 악물고 허공에 몸을 띄우는 단소운.

촤라라라라랑.

무당의 검이 자색의 기운을 뿜어내며 달려왔다.

이형환위의 신법처럼 느릿한 듯 보이지만 쾌검으로 변하여 공간에 잔상을 만들어내는 무당의 검.

과거 뼈를 깎으며 수련했다는 단소운의 말은 거짓이 아니었다.

타닥.

굳게 딛고 서 있던 자리를 박찼다.

그리고 펼쳐지는 자연스러운 검의 움직임.

과거 굳어 있던 화산의 섬은 사라지고 없었다.

지금의 검은 내 눈이요, 귀요, 뜨거운 심장!

나를 노리는 적의 심장을 물어뜯으려 검은 살아 움직였다.

스팟.

검끝에서 이는 기의 파장.

파라라랑.

단소운의 손에 들린 무당의 검에서 풍겨오는 검풍이 옷자락을 날렸다.

그 정도로 매서운 무당의 검.

어느새 허공 위에서 매가 먹이를 노리듯 나를 향해 발톱을 찍어왔다.

촤아악!

살기를 품은 매가 만들어낸 무지개를 베어가는 검.

태극의 빛이 검에 잘려진 비단 자락처럼 베어져 갔다.

타다다당.

맑게 울리는 검들의 아우성.

"헉!"

연달아 들리는 단소운의 비명.

쨍그렁.

태극을 찢던 검이 자신을 노리던 검을 사정없이 후려쳤다.

그리고 태극의 검은 산산이 부서져 하늘에서 유성처럼 반짝이며 사방으로 튕겨져 나갔다.

"피, 피해라!"

"으헉!"

놀라는 사람들의 비명.

그때 보였다.

자신의 검이 산산이 부서지는 모습을 멍하니 바라보며 추락하는 단소운.

타악.

오른발로 왼발을 걸어차며 천근추의 신법을 펼쳤다.

"……!!"

순간 내가 다가서자 놀란 단소운의 작은 눈동자.

씨익, 미소를 머금었다.

휘익.

그리고 가차없이 단소운의 갈비뼈를 향하여 곧게 다리를
날렸다.

퍽!

"끄악!"

귓가에 들리는 단소운의 처절한 비명.

우당탕탕.

매끄럽지 못한 비무장에 그대로 치박혔디.

탁, 쉭!

다시 허공에서 발을 교차하며 길어차고 일학충소의 신법
으로 자세를 잡고 바닥에 착지하였다.

"……."

또다시 찾아온 침묵.

"이노오오옴!"

그때 노기를 품은 엄청난 음성이 나를 직격으로 때려왔다.

'고수다!'

쉬이익.

무림맹 고수들이 앉아 있는 곳에서 벼락같이 달려오는 그
무엇!

쩌저저저저점!

대기가 분노한 고수의 일격에 놀라 비명을 터뜨렸다.

'태청강기!'

그리고 느껴지는 진정한 무당의 무공.

어느새 수십여 장의 거리를 압축한 고수가 만들어낸 푸르고 붉은 강기 다발.

차원이 달랐다.

무공의 격이 달랐다.

하지만 나의 허기진 배는 태청강기에도 욕심을 내었다.

파앗!

화려하게 만개하는 기의 폭발.

무려 일 장이나 치솟은 검강이 무당의 태청강기를 쓸어갔다.

그 순간 볼 수 있었다.

허연 수염의 노도사의 손에 들린 한 자루 청아한 송문고검.

배고픈 나의 검과 허공을 격하고 강기와 강기로 서로 입맞춤을 하였다.

진하면서도 처절한 입맞춤.

퍼버버벙!

엄청난 폭음이 들렸다.

텅.

그리고 느껴지는 묵직한 손맛.

온몸에서 희열이 샘솟듯 솟아올랐다.

기다리던 월척이 강태공의 낚시에 걸려든 것처럼 짜릿한 손맛이 온몸을 휘돌았다.

휘익.

일수의 교환 뒤에 찾아온 부드러운 무형의 기운.

'무당면장!'

무당 무공의 특징인 부드러움 속에 강함을 담는 무리의 진체인 무당면장.

느껴지기에 부드러운 기운이었지, 저 일장에 맞으면 내장이 다 으스러지는 무거움이 숨어 있었다

'초석이 자유로우면 그만. 검도 주먹도 다 똑같은 나의 외지이다!'

사방에서 회오리치며 밀려오는 무당면장의 기운을 향해 왼 주먹을 힘껏 뻗었다.

쉬익.

그 순간 손을 통하여 발산되는 무형의 기운이 느껴졌다.

이에는 이, 눈에는 눈이었다.

흠칫.

내가 검을 받아냄과 동시에 무당면장을 향해 일격을 날리자 놀라는 무당파의 노도사.

퍼벅!

무형의 권풍이 허공중에서 부딪치며 작은 소음을 내었다.

그러나 고수의 눈에는 보일 것이다. 이 순간 엄청난 기운이 허공에서 충돌하고 있음을.

"멈추시오!"

그때, 사자후 같은 일갈이 터지며 한 사람의 인영이 무림맹 고수석에서 날아왔다.

'백팔무왕 도원 대사.'

한 손에 자신의 키만 한 불장을 들고 허연 수염을 펄럭이며 나타난 오 척 단신의 중.

소림사가 배출한 무림 오왕 중 한 명이자 현 무림맹의 가장 높은 고수인 백팔무왕이었다.

"아미타불. 운허자는 그 손을 멈추시오. 그리고 화 소협도 잠시 마음을 가라앉히게."

"대사의 명을 받드옵니다."

"아, 아니, 도원 대사……."

불호를 외우며 입가에 염화의 미소를 짓는 백팔무왕의 모습에 포권을 취하며 뒤로 물러났다.

그러나 나를 향한 분노가 아직 풀리지 않은 듯 운허자라는 노도사는 도원 대사에게 입술을 달싹였다.

"이곳은 수많은 무림 동도들이 참관하고 있는 비무대회장입니다. 그런데 같은 정파 제자들끼리 살수를 날리다니요. 쯧쯧."

혀를 차며 안타까워하는 도원 대사.

"하지만 저자의 행태를 보지 않았습니까. 정파 무림인들 간의 비무 방식을 어기고 패색이 짙은 비무자에게 살수에 가까운 수법을 펼쳤습니다. 저기 보십시오. 피를 토하고 쓰러져 있는 저희 무당의 제자를 말입니다!"

입가에 붉은 피를 토하고 아직도 널브러져 있는 단소운.

무당파 제자들이 달려가 그의 상세를 살피고 있었다.

"화 소협은 왜 그런 수를 펼쳤는가? 충분히 승기를 잡았으면 그만두어도 되었을 터인데."

도원 대사가 나를 향해 질책의 목소리를 담았다.

아니, 모든 무림인들이 조금은 잔혹한 내 손속에 궁금한 눈빛을 보내고 있었다.

그런 그들을 향해 천천히 입을 열었다.

"이곳은 비무장입니다."

담담하게 말을 뱉어내었다.

"스승님께서 말씀하셨습니다. 비무에 임해서는 언제나 죽음이 가까이 있는 듯 최선을 다하라고 말입니다."

"하지만 이곳은 온 정파 무림의 고수들과 정영들이 모여 있는 곳, 굳이 생사 대결의 기세를 다할 필요는 없지 않았는가?"

왠지 나에게 호감을 보이는 도원 대사가 부드럽게 물었다.

"그렇습니다. 그러나 안타깝게도 수많은 무림 정파의 고수들과 정영들이 있었지만 전혀 공평하지 않았습니다. 그래서 저는 저를 지키기 위하여 최선을 다했을 뿐입니다."

"공평하지 않았다? 무엇을 말인가? 내가 보기에는 전혀 지장이 없는 진행이었네."

도원 대사가 공평하지 않았다는 말이 궁금한 듯 다시 물었다.

"그럼 묻겠습니다. 어제 점창의 여제자에게 약속을 지키라 말할 때, 그 여제자가 무림인이 지켜야 할 신의를 보였습니까? 아니, 오히려 제 말에 도저히 정파의 제자가 보일 수 없는 암습까지 감행했습니다. 그런데 부끄럽게도 점창파의 고수와 여러 대파의 제자들은 저를 핍박하였습니다. 제 말이 틀렸습니까!"

아직도 나를 죽일 듯이 노려보고 있는 점창의 장로를 비롯하여 여러 무림맹 고수들과 천풍조원들을 천천히 둘러보며 말했다.

그러나 내 말과 시선에 고개를 외면하는 자들.

"또한 저와 비무를 치른 각 대문파 제자들의 공세는 어떠했는지요? 그들이 펼쳤던 각파의 절초들이 제가 펼쳤던 평범한 초식과 어떤 차이가 있는지, 여기 계신 모든 분들은 아실 것입니다. 그리고 무당의 진인께 묻겠습니다."

말을 끊으며 무당파의 노도사를 바라보았다.

"방금 전 무당 제자 단소운이 펼쳤던 무당의 검이 얼마의 위력을 가지고 있습니까? 제가 만약 방어를 하지 않았다면, 지금 저기에 나뒹굴고 있는 단소운이 되었을 것은 자명한 일이 아닌지요!"

불타오르는 분노의 눈빛으로 무당의 노도사에게 질문을 던졌다.

"히, 히지만 단소운은 무당의 제자다. 결코 살수를 펼칠, 그런 제자가 아니다. 분명 마지막에 손을 거두었을 것이다!"

궁색한 변명을 내놓는 무당파의 노도사.

"만약 그 손을 거두지 않았다면 잃어버린 제 목숨을 노도사께서 책임져 주실 수 있습니까?"

"……."

나의 추궁에 입을 다무는 노도사. 얼굴이 벌겋게 상기되어 있었다.

"감히 여러분께 묻겠습니다."

등을 돌려 모든 시선이 나를 향해 있는 무림인들을 바라보았다.

"아무리 사소한 비무라도 무림인은 최선을 다하는 것이 무인의 기본된 자세라 생각합니다. 그런 제가 승리를 위하여 최선을 다하였음이 죄입니까! 제가 대문파의 직전제자의 처분

만을 기다리며 가진 바 실력을 다 펼치지 말아야 합니까! 묻 겠습니다! 나의 검은 누구의 것이며! 여러분의 검은 누구의 것입니까!"

내공을 돋워 뜨거운 눈빛으로 비무장을 바라보고 있는 수 만 무림인을 향하여 외쳤다.

그리고 마지막 한 마디를 세상 밖으로 끄집어내었다.

"제가 세상에서 믿는 것은 오직 제 양심과 이 한 자루 검입 니다. 그리고 오늘 전 양심에 어긋나지 않았습니다."

침묵이 금이 된 비무장.

"그것이 설사 악이라 할지라도 말입니다."

광오하다 말할 수 있는 마지막 한 마디를 끝으로 내뱉었다.

그리고 눈을 감았다.

차마 드러내지 못하는 단소운을 비롯한 대문파 제자들의 비열한 짓거리.

진실은 언제나 그렇게 그림자처럼 숨어 있었다.

"맞소! 비무에는 최선을 다해야 하는 것이 무인의 기본된 자세요!"

"옳소! 난주신검 화운룡 대협의 말이 옳소이다!"

"화운룡 대협의 일수는 정당하였소! 우리도 눈이 있소이 다!"

"대문파 제자만 무인이란 말이오!"

“어서 난주신검 화 대협의 승리를 선언하시오!”

“와아아아아아아아아아!”

거짓말처럼 들려오는 수만 무림인들의 함성.

내 진심이 무림인들의 마음을 움직였다.

“어서 승리를 선언하시오!”

“무당파 운허자께서도 후배에게 살수를 펼침을 사과하시오!”

“무림맹은 무얼 하는기! 어서 화 대협의 승리를 선언하시오!”

지금껏 대문파에 당하였던 울분이 화산이 폭발하듯 터져 나왔다.

비무장이 들썩일 정도로 무림인들의 함성이 메아리쳤다.

눈을 뜨자 당황한 무림맹 고수들의 모습이 들어왔다.

사방에서 사파 고수들의 비수처럼 날아와 꽂히는 무림인들의 폭언.

“무림맹이 우리들을 무시하는 것이더냐!”

“구파와 오대세가의 무인들만 무인이더냐!”

“쌍! 이것도 무림맹이라고 만들었나!”

점점 도를 넘어가는 무림인들의 반응.

그동안 대문파에 억눌린 일반 무림인들의 분노가 하늘을 찌를 듯 터져 나왔다.

"갈!"

그때 모든 무림인들의 함성을 잠재우는 엄청난 사자후가 터졌다.

"……."

귓가에 윙윙 울리는 엄청난 사자후에 입을 다문 무림인들.

그들의 눈은 모두 백팔무왕 도원 대사에게 향하였다.

"아미타불. 모두들 진정하십시오."

불호를 외우며 고개를 살짝 숙이는 도원 대사.

그 숙연한 모습에 모든 이들은 꿀 먹은 벙어리가 되었다.

"모두의 말씀 잘 들었습니다. 그리고 그 뜻을 받들겠습니다."

만면에 미소를 머금고 있는 도원 대사.

"소림의 도원이 인풍조 화운룡 소협의 승리를 선언하는 바입니다!"

강력한 내공을 섞어 나의 승리를 선언하였다.

씰룩씰룩.

도원 대사의 선언에 얼굴을 붉히며 씰룩이는 몇몇 무림맹 고수들.

여전히 나의 승리를 인정하지 못하는 표정이었다.

"또한, 후배들의 비무에 주책없이 끼어든 운허자의 잘못도 소승이 대신 화운룡 소협께 사과하는 바입니다."

“아, 아니!”

‘역시 소림이란 말인가!’

소란을 깔끔하게 잠재우기 위하여 스스로 고개를 숙이는 백팔무왕 도원.

황급히 포권을 취하며 고개를 숙였다.

온갖 구더기들로 득실거리는 무림맹에서 오랜만에 정신이 살아 있는 무림인을 만난 것이다.

“하하. 이제 일이 마무리되었으면 다음 영웅들의 한판 승부를 보는 것이 어떻습니까?”

호방한 웃음을 터뜨리며 상황을 부드럽게 만드는 도원.

“그, 그럽시다! 어서 다음 비무를 진행합시다!”

“다음 영웅들의 비무를 구경합시다!”

무림에서 명성이 자자한 오왕 중 한 명인 백팔무왕이 배분이 까마득한 후배인 나에게 고개를 숙이자 화낼 명분을 잃어버린 무림인들이 도원의 말에 따랐다.

“그럼 다시 비무를 시작하겠습니다. 모두 물러나시고, 다음 비무자는 비무장에 오르시기 바랍니다.”

그동안 입을 다물고 있던 신기자가 나서 상황을 종료하였다.

“화 소협, 조만간 한번 찾아오게.”

귓가에 들리는 도원 대사의 맑은 음성.

고개를 돌려 미소를 머금고 있는 도원 대사에게 목례를 올려 대답을 대신하였다.

'무, 무당 장로와 대등한 수준이라니!'

긴박하게 돌아가는 상황에 가슴이 콩알만 하게 변해 버린 단소소.

화운룡의 끝을 알 수 없는 무공 실력에 감탄을 넘어 경이로움을 느꼈다.

방금 일수를 겨룬 무당파 장로 운허자가 누구인가.

칠성검로라는 명호로 불리며, 무당파 역사상 가장 강력한 칠성검진을 완성한 현 무당파 장로들의 수장 역할을 해온 자였다.

거기에다가 무당의 이름이라 할 수 있는 태극혜검과 면장을 십성이 넘게 수련하였다는 현 무당파 최고 고수 중 한 명.

그런 무당파 운허자의 분노에 찬 일격을 화운룡이 아무렇지도 않게 막아냈다.

그 말은 현재 화운룡의 무공 수위가 무당파 장로와 동급이거나 그 이상이라는 말이었다.

'무공뿐만 아니라 군중심리를 꿰뚫고 상황을 자신에게 유리하게 이끌어가는 언변, 그리고 좌중을 압도하는 자신감 넘치는 당당함. 정말 대단한 남자야……'

단소소의 지혜로운 눈빛이 반짝였다.

'놓칠 수 없어! 화운룡! 저 남자를 나의 남자로 만들 것이야!'

일생일대의 가장 큰 기회임을 직감한 단소소는 몽롱한 눈길로 다가오는 화운룡을 바라보았다.

난주대공자라 불릴 정도로 빼어난 얼굴에 강력한 무공과 좌중을 압도하는 패기를 드러내는 화운룡.

단소소의 꿈을 실현시켜 줄 옥황상제가 주신 선물이었다.

"앗!"

꿈인지 생시인지 모를 상황에 송혜화는 자신의 볼을 꼬집었다. 그리고 느껴지는 생생한 아픔.

'꿈이 아니야……'

방금 전 보았던 화운룡의 냉정하고 차가운 한 수 한 수.

천하의 무당을 검 안에 삼켜 버리는 모습을 송혜화는 똑똑히 보았다.

'화운룡, 도대체 당신의 정체는 무엇인가요?

난주의 한 지방 상단의 아들이 오늘날에는 무림 비무대회를 위진시키는 고수가 되어 나타났다.

그리고 아미염화라 불리는 송혜화의 가슴 깊이 파고들어 왔다.

'화, 화산의 검이 아니야!'

충격 속에 찾아온 또 다른 충격.

설수아는 보고도 믿기지 않는 화운룡의 무공에 할 말을 잃었다.

그리고 잠시 후 찾아온 또 다른 충격에 다시 할 말을 잃어야 했다.

'화산의 무공을 버렸어. 단 한 초식도 화산파의 무공이 없다니……'

그것이었다.

화산파에서 무공을 수련한 화운룡에게서 화산의 냄새가 사라져 버린 것이다.

굳이 말하자면 초식의 구애가 없는 지극한 경지.

하지만 설수아는 화운룡의 성취가 그리 달갑지 않았다.

화산인은 화산을 품고 살아야 진정한 화산인이었기에.

'화운룡은 변했어. 예전의 화운룡이 아니야.'

걱정과 근심만 주던 화운룡이 낯설기까지 한 설수아.

텅 빈 가슴에 아픈 충격이 밀려왔다.

'허어, 저 아이가 어느새 나를 넘어섰다니!'

고수는 고수를 알아보는 법.

화산학선 자운 장로는 화운룡의 성취에 청출어람의 비애를 맛보았다.

자신이 나서도 분노에 찬 무당파 운허자의 일격을 막아낼 수 있을지 의문이었다.

그런데 화산파 속가제자인 화운룡이 가볍게 일수를 막아 냈다.

거기에 더하여 스스로의 강인한 의지로 무림맹 고수들을 곤경에 빠뜨린 언변.

이미 화신파가 어찌하기에는 그 그릇이 너무나 커져 버린 상태였다.

'그러나 화산의 기운이 사라졌구나…… . 아, 자광 사형은 무슨 생각으로 저런 아이를 키워냈는지.'

모든 것이 사형 자광이 만들어낸 것이라 짐작하는 자운.

어느새 묵묵히 자신의 자리로 돌아가 버린 화운룡이 뒷모습을 멍하니 바라보고 있는 자신의 모습을 깨달았다.

第五十二章　위선자들

　　"도저히 이번 사태를 묵과할 수 없습니다! 비무대회에서 살수를 날리다니요! 어찌 정파 제자라는 자의 행태가 그럴 수 있단 말입니까!"

　　"그렇습니다! 이 일을 묵과한다면 천하 무림인들이 우리들을 손가락질할 것입니다."

　　이번 비무대회에서 쪽팔림을 당한 점창파와 청성의 장로들이 불같이 화를 내었다.

　　"화산파는 이 일에 책임을 지십시오. 망나니 같은 제자 덕분에 무림맹이 난장판이 되었으니 말입니다. 큼!"

묵묵히 자리를 잡고 있는 화산의 자공과 자운을 향해 매서운 눈초리를 보내는 점창의 영운 진인.

자신의 제자이자 정부인 양조령이 수많은 무림인들 앞에서 오줌을 갈기고 개처럼 끌려갔다.

잊을 수 없는 치욕.

반드시 그에 걸맞는 죄 값을 받아야 했다.

"송구하게 생각합니다."

좌중의 살벌한 추궁에 얼굴이 붉게 달아오른 화산의 자공 장로가 포권을 취하며 각파의 장로들에게 고개를 숙였다.

하지만 화산파의 실질적인 대표자인 자운은 아무 말도 없이 눈을 감고 있었다.

"이번 일을 무당도 마음에 담아두고 있을 것이오. 그 망나니 덕분에 무당의 귀한 제자가 중상을 입었소이다."

무당의 운허자도 가슴속에 응어리가 맺힌 듯 화산파 장로들을 쏘아보았다.

소림사 도원 대사가 예불을 드리기 위해 소림각에 들어간 시각에 임시로 모인 무림맹의 원로들.

모두 화산파를 성토하기 바빴다.

하지만 구파일방의 장로들과 달리 오대세가의 인물들은 침묵을 고수했다.

"황보세가도 할 말이 있지 않습니까! 망종 같은 화운룡에 대한 의견을 내주십시오!"

주도적으로 좌중을 이끌고 있는 점창의 영운 진인이 화운룡에게 치욕을 당한 황보세가를 끌어들이려 하였다.

그러나 영운 진인의 말에도 입을 꾹 다물고 있는 황보세가의 장로 오성군자 황보염성.

"흥! 황보세가는 간도 배알도 없는 것 같구려."

황보염성의 반응에 도를 넘는 자극을 하는 영운 진인.

"그 말을 취소하시오! 어찌 그런 망발을 내뱉을 수 있단 말이오. 점창이 언제부터 황보세가를 그리 업신여겼단 말이오!"

영운의 도발에 발끈하는 오성군자 황보염성.

그 시퍼런 서슬에 영운도 아차, 한 표정을 지었다.

"미, 미안하오이다. 내가 잠시 흥분했던 것 같소."

과거의 점창이 아니었다. 그리고 황보세가도 과거의 황보세가가 아니었다.

구파일방의 성세를 넘는 오대세가의 저력.

순식간에 회의장에 있던 모든 이들이 얼굴을 굳혔다.

보이지 않는 구대문파와 오대세가의 갈등이 표출된 것이다.

"그만들 하십시오. 어차피 한 번 결정된 사항입니다. 누가 뭐라 해도 인풍조원 화운룡은 정당한 대결을 펼쳤습니다. 그런데 만약 여기서 무림맹 장로들이 나서서 그 비무가 잘못됐다 말하고 화운룡을 처벌한다면, 무림 동도들로부터 무림맹은 신임을 잃을 것입니다."

조용히 있던 신기자 제갈담운이 무겁게 입을 열었다.

"그렇습니다. 이미 화운룡은 만인 앞에서 영웅단 비무대회의 십위 안에 들었습니다. 그 점은 인정하셔야 할 것입니다."

이미 신기자와 의견을 나누었던 십전일검 남궁혁이 화운룡 편을 들었다.

그리고 남궁혁의 말은 곧 오대세가의 입장이었다.

"……."

잠시 어색해진 회의장.

"그런데 화산에서는 무슨 까닭으로 그런 고수를 속가제자라 칭하며 영웅단에 침투시켰습니까?"

점창과 함께 화운룡과 깊은 악연을 맺은 청성의 유용 장로. 무림에서 냉풍 진인이라 불릴 정도로 매사에 차가운 유용 장로가 고지식한 입매를 열며 화산 장로들을 핍박하였다.

"침투라니요? 말씀이 과하십니다."

장로들의 질책 속에서 얼굴을 들지 못하고 있던 화산의 자공 장로가 얼굴을 파르르 떨었다.

"그렇지 않다면, 화산이 다른 문파들을 조롱하기 위해서 그런 고수를 영웅단에 침투시킨 것이 아니면 무엇이란 말입니까? 생각해 보십시오. 속가제자들의 위치가 어떠하다는 것을 자공 장로도 알고 있지 않습니까!"

싸늘한 유용 장로의 목소리가 회의장을 쩌렁쩌렁하게 울렸다.

오대세가를 건드려 봐야 좋을 것이 없기에 화산에 분풀이를 하는 유용.

다른 파의 장로들도 흥미로운 눈으로 화산 장로들을 바라보았다.

속가제자라는 신분으로 말도 안 되는 실력을 보이는 화운룡.

그를 길러낸 화산의 저의가 궁금한 것이다.

"휴우……. 그만들 하십시오. 모두 다 본 파의 불찰입니다."

입을 다물고 있던 화산학선 자운 장로가 한숨을 내쉬었다.

"불찰이라는 말로 끝날 일이 아니지 않습니까? 화산은 화운룡이 어찌하여 저런 실력을 갖추었는지 이 자리에서 명확히 말씀해 주서야 합니다."

공격의 기회를 잡자 늦추지 않는 유용.

"그렇소이다! 어떻게 속가제자 주제에 그리 말도 안 되는 실력을 소유하게 되었는지 말씀해 주십시오. 혹시, 화산은 다른 문파들 모르게 무언가를 획책하고 있는 것은……."

유용과 동조하며 화산을 억지 같은 말로 핍박하는 점창의 영운 진인.

신기자를 비롯한 모든 이들의 시선이 자운에게 향하였다.

대답을 강요하는 암묵적인 눈길.

자운은 그런 이들의 시선을 받으며 천천히 무거운 입을 열었다.

"속가제자 화운룡은 화산 제일고수의 직전제자입니다."

"화산 제일고수? 그럼 화산장문인 매화신검 육손평 장문인의 제자란 말입니까?"

유용 장로가 놀라 물었다.

매화신검 육손평은 이미 무림칠기 중 일인으로 실력을 인정받고 있는 절대고수였다.

"아닙니다. 화운룡은 저의 대사형이신 자광 사형의 제자입니다."

"자광?"

"자광 사형이라니요? 화산에 자광이라는 도호를 소유하신 장로가 또 계시다는 말입니까?"

갑작스럽게 등장한 화산 제일고수 자광.

각파의 장로들에 대하여 빠짐없이 알고 있는 무림맹 고수들의 의구심은 더해만 갔다.

"자광 대사형은 저희들의 대사형이시자 삼십 년 동안 폐관을 마치고 하산하신 화산 제일고수입니다.”

“삼, 삼십 년 폐관!”

“헉! 그, 그럴 수가!”

삼 년도 아니고 십 년도 아닌, 삼십 년의 폐관.

그 장구한 세월 동안 폐관수련을 했다는 자광 대사형이라는 자의 무식한 수련에 모두들 멍한 얼굴이 되었다.

“그, 그렇다면 자광 진인이라는 분의 실력은 어느 정도가 됩니까?”

조심스럽게 입을 여는 유용.

“감히 실력을 짐작할 수 없습니다. 나반, 삼십 넌 전 맥이 끊겼던 화산파의 진산절기를 이어 받은 분이라는 것입니다. 아마 자광 사형과 제가 비무를 한다면, 저는 십초지적도 안 될 것입니다.”

“으음…….”

“허어…….”

자운의 말이 끝나자 여기저기서 믿기지 않는 듯 신음이 흘러나왔다.

구대문파 중에서 수위를 다투는 화산파의 장로가 십초지적을 운운하였다.

그 정도 실력이라면 최소 무림 오왕과 동격이라는 말이었다.

‘음, 정보가 사실이군.’

사실 이미 보고를 받아 알고 있는 신기자였다.

“역시 그렇군요. 화운룡이 범상치 않다 했건만, 화산 제일 고수의 직전제자였습니다. 하하. 화산의 홍복이 아닐 수 없습니다.”

신기자가 호탕한 웃음을 지으며 화산을 치켜세웠다.

“아, 아니, 그러면 그런 자가 어찌 속가제자에 머문 것입니까? 그 정도 실력이라면 매화검수를 뛰어넘는 수준이거늘.”

마지막까지 물고 늘어지는 유용 장로.

“그것은 화산 내부의 일입니다. 더 이상 묻지 말아주시기를 부탁드리겠습니다.”

유용 장로의 말에 단호하게 문파 내부의 일이라 말하며 입을 닫는 자운 장로.

더 이상 추궁할 면목이 없었다.

“그럼 오늘 회의는 이것으로 끝내겠습니다. 어차피 어수선한 상황으로 인하여 최종 승자를 가리지 못한 상황. 열 명의 최종 순위자에게 천웅단을 하사하는 것으로 이번 영웅단 비무대회를 종결짓겠습니다.”

자칫 상황이 악화될 수도 있기에 서둘러 회의를 종료한 신기자 제갈담운이었다.

“그렇게 합시다.”

“큼, 뭐 그럽시다.”

딱히 더 할 말이 없는 회의장.

저마다의 생각으로 바쁜 장로들이 어색한 미소를 지으며 몸을 일으켰다.

화산 제일고수의 제자인 화운룡으로 인하여 감춰졌던 무림맹 내부의 갈등을 서로 확인하면서…….

“반드시 그 새끼를 죽일 거야! 흑흑!”

가슴에 쌓인 철천지 원한에 피눈물 흘리며 말을 타고 가는 여인이 흘렸다.

한때 점창의 기대를 한 몸에 받는 기재이자 무림에서 미모와 실력으로 이름을 날렸던 양조령.

언제나 촉촉이 젖어 유혹적이던 그녀의 눈에서 악독함이 줄기차게 뿜어져 나왔다.

수많은 무림인들 앞에서 무림인을 떠나 한 여인으로서 치욕적인 일을 당하였다.

더 이상 양조령이라는 이름으로 무림에서 활동할 수 없는 치명타를 당한 것이다.

더욱이 무림맹에서 쫓겨나 점창으로 돌아가야만 하는 양조령.

무림인들이 알아볼까 봐 무식하게 말을 몰아 점창으로 돌아가는 중이었다.

수십 년 폐관을 해서라도 화운룡, 그놈을 죽일 것이라 마음 먹으며.

두두두, 두두.

겨울의 마른 흙먼지를 일으키는 관도.

그렇게 양조령은 미친 듯이 말을 몰았다.

차가운 바람이 몰아쳐 왔건만 피풍의도 걸치지 않은 채 독기를 풀풀 날리며 달리는 그녀.

"누구냐!"

히이이잉.

갑작스럽게 관도의 중앙을 떡하니 막고 서 있는 검은 피풍의를 입은 남자로 인하여 말을 멈춰야 했다.

아무리 화운룡에게 치욕을 당하였다고 하나, 명문정파의 기재. 관도를 떡하니 막고 있는 자를 치고 달릴 수는 없었다.

씨이익.

검은 피풍의를 입고 눈가에 황금 나비 가면을 쓰고 있는 자가 미소를 지었다.

"죽고 싶은 것이더냐! 관도를 그리 막고 있으면 어찌하란 말이더냐!"

가슴속에 쌓인 원한 때문에 살기를 뿌리며 소리를 지르는 양조령.

그러나 나타난 사내는 양조령의 육신을 바라보며 묘한 미
소만을 짓고 있었다.

부르르.

그 미소의 의미를 여인의 본능으로 알아챈 양조령의 육신
이 가늘게 떨렸다.

창!

"그 더러운 눈을 뽑아버리겠다!"

참았던 한이 폭발하며 그대로 검을 들고 말을 박찼다.

휘리리링.

차가운 겨울바람을 뚫고 남자를 향해 점창의 성명절기인
유운검법이 폭사되었다.

지금껏 교육받은 대문파 제자로서의 인내가 끊기고 가슴
속에 들어찬 분노가 터졌다.

그리고 그 분노는 곧 매서운 살수로 이어졌다.

일수가 어느새 열두 변화를 일으키며 사내의 두 눈을 베어
가고 있었던 것이다.

땅!

"헉!"

하지만 양조령은 신음을 흘리며 그대로 뒤로 튕겨 나가야
만 했다.

아무런 무기도 들지 않고 있던 사내가 손으로 가볍게 양조

령의 검면을 때린 것이다.

도저히 믿을 수 없는 쾌속하고 강맹한 일수.

위이잉.

진동하는 검을 진정시키며 양조령은 가슴이 싸늘히 식는 기분을 맛보았다.

"흐흐, 마음에 드는군. 아름다운 꽃에 핀 가시는 다 이유가 있지."

터질 듯 풍만한 데다가 사내를 알기에 요기까지 뿌리는 양조령의 매혹적인 육신을 감상하는 의문의 사내.

"누, 누구냐!"

자신의 실력으로 어찌할 수 없는 고수임을 깨달은 양조령이 남자의 정체를 물었다.

"양조령. 나이 이십사 세. 특기 유운검법과 사부인 영운으로부터 몰래 장로들만 수련할 수 있는 사일검법을 수련. 육체를 미끼로 영운 장로뿐만 아니라 점창파 고수들 두 명에게 정기적으로 육체를 상납하여 무공을 습득하고 있음. 성격은 활달해 보이나 남에게 지기 싫어하고 욕심이 많음……."

갑자기 나타난 사내의 입에서 줄줄 이어지는 내용에 양조령의 얼굴이 새하얗게 변하였다.

절대 자신만 알고 있을 것이라 생각한 비밀이 하늘 아래 공개되는 상황이 믿기지 않았다.

"아주 좋은 자질을 지녔어. 흐흐흐."

한참을 양조령의 신상에 관해서 말하던 사내가 멍하게 정신을 놓고 있는 양조령을 향해 음탕한 웃음을 날렸다.

"어차피 네년은 더 이상 무림에서 활동할 수 없다. 수만 무림인들 앞에서 오줌을 지렸으니 명예고 뭐고 다 끝났다. 화운룡, 그 자식에 대한 복수도 아주 요원해지고 말이야."

화운룡이라는 말이 나오자 멍해 있던 양조령의 눈에 다시 생기가 돌았다.

"무릎을 꿇어라. 그러면 너에게 화운룡을 이길 비책을 넘길 것이다."

점창의 제자인 양조령에게 무릎을 꿇라 명하는 의문의 사내.

황금 나비 가면 사이로 보이는 눈빛에서 탁한 사기가 흘러나왔다.

"저, 정말 화운룡을 이길 비책을 줄 수 있나요?"

어느새 말투가 바뀐 양조령. 그녀의 눈빛은 사내의 눈빛을 닮아 사이하게 빛나고 있었다.

"흐흐. 남을 믿지 못하는 계집이군."

툭.

말이 끝남과 동시에 서책 한 권을 양조령의 발밑에 떨어뜨리는 사내.

"허억! 이, 이것은……."

자신의 발밑에 떨어진 책의 제목을 읽어가던 양조령의 눈이 화등잔만 하게 커졌다.

"크크. 사백 년 전 천하를 피로 물들였던 음양쌍마의 독문무공인 음양수라공이다. 점창으로 돌아가 내가 지시하는 대로 한다면, 단 시간에 절정고수를 이룰 수 있을 것이다. 평소 내가 하던 그대로만 한다면 말이야."

주문처럼 들리는 사내의 말을 들으며 핏빛으로 쓰여진 음양수라공을 바라보는 양조령.

쨍그렁.

들고 있던 검을 차가운 대지에 떨구고는 천천히 발밑에 떨어져 있는 음양수라공을 향해 손이 뻗어갔다.

천하를 위진시켰던 마두의 무공이었지만, 단시간에 화운룡을 때려 죽일 수만 있다면 영혼이라도 팔 것이라 맹세한 양조령이었다.

그런 자신에게 찾아온 놓칠 수 없는 절대의 기회.

"좋아. 크크크."

어느새 끈적한 미소를 지으며 음양수라공을 소중하게 품에 껴안은 양조령에게 다가온 사내.

"할 말이 많구나. 시간도 많고 말이야……. 흐흐."

끈적거리는 음소를 날리던 사내는 화운룡을 죽일 수 있다는 욕망에 두 눈이 멀어버린 양조령을 품에 안았다.

팟.

그리고 거짓말처럼 자리에서 사라지는 사내와 양조령.

그들이 떠난 자리에는 주인 잃은 말 한 마리와 점창을 상징하는 검 한 자루가 덩그러니 남겨져 있었다.

"그놈이 자광 장로님에게 무공을 전수받은 것이 틀림없다."

무림맹에 위치한 화산가.

장로늘이 회의를 하러 사리를 비운 사이 몇몇 매화검수들이 모였다.

그리고 그 중심에 앉은 화산파 젊은 매화검수들의 수장 육검웅.

그의 말에 모여 있던 세 매화검수의 얼굴이 일그러졌다.

"화운룡, 그자가 펼치는 수법은 이미 신검을 넘어 심검의 경지에 이르러 초식에 구애받지 않는다. 즉, 절정을 넘었다고 볼 수 있다."

"절정을……."

육검웅의 냉정한 판단에 다시 한 번 일그러지는 매화검수들의 얼굴.

절정을 넘어섰다는 말은 초절정에 이르렀다는 말과 다를

바가 없었다.

초절정이 어떤 경지이던가.

구대문파와 오대세가에서도 한두 명만이 이룬 경지가 아니던가.

그런 지고한 경지에 화운룡이 올라섰다는 것이 믿기지 않았다.

"화산 제일고수를 넘어 천하에서도 손에 꼽히는 자광 장로님의 실력이라면 그런 경지에 도달시킬 수 있다. 삼십 년 폐관을 통하여 독창적인 무공을 창안했을 수도 있을 것이니 말이다."

계속하여 이어지는 육검웅의 말에 매화검수들은 신음도 흘리지 못했다.

"그러면 어찌해야 합니까? 이미 화운룡 그자로 인하여 대화산파가 손가락질을 당하고 있습니다. 더욱이 화운룡은 속가제자의 신분. 결코 이대로 가만두어서는 아니 됩니다."

"그렇습니다. 청운회의 푸른 꿈을 위하여 화운룡 같은 자는 사라져야 합니다. 어떠한 대가를 치르고서라도 말입니다."

감히 속가제자 주제에 암묵적으로 흐르던 문파의 관습을 깨뜨리고 매화검수를 박살 낸 화운룡.

결코 같은 하늘 아래 살 수 없는 원수와 진배없었다.

매화검수.

그 이름은 무엇으로도 바꿀 수 없는 화산의 명예였기에.

"기다려라. 언젠가 때가 올 것이다. 우리 말고도 화운룡과 악연을 맺은 자들이 한둘이 아니다. 그때를 보아 살짝 힘만 보태면 그만일 것이다."

냉정하기 그지없는 육검웅의 판단.

"알겠습니다, 대사형!"

푸른 꿈을 꾸고 있는 화산 매화검수들이 고개를 숙였다.

'화운룡! 곧 깨닫게 될 것이다. 문파의 그늘이 두터워야 이 거친 무림에서 살아남을 수 있다는 진리를 말이다. 후후.'

속으로 비웃음을 짓는 육검웅.

화운룡이 자광 진인에게 비전의 절기를 전수받아 고수가 되었다고 하여도 부럽지 않았다.

육검웅.

그도 화산의 비기 하나를 이미 가슴에 품고 있었다.

"호호, 대단해요. 화산파를 비롯하여 명문대파들과 척을 지다니. 그러고도 이리 태연할 수 있는 사람은 전 무림을 통틀어 몇 없을 것이에요."

무엇이 그리 좋은지 비무대회가 끝이 난 후에도 내 곁을 떠나지 않고 재잘거리는 단소소.

"그러게 말입니다. 전 이제부터 화운룡 대협을 대형으로 부를 것입니다!"

"맞습니다. 화 대협은 우리 인풍조의 대형이십니다!"

단소소의 뒤를 따라 병아리가 어미 닭을 쫓아가듯 내 뒤를 따라오는 인풍조원들이 소리 높여 나를 대형이라 불렀다.

'휴우……'

인풍조의 이러한 마음이 진심이라는 것을 알기에 큰 소리 내어 쫓아내지도 못하였다.

아니, 사실 이들과 나는 무림맹과 영웅단에서 같은 처지였다.

"대형! 아쉽습니다. 만약 최종 결승전이 펼쳐졌다면 영웅단 최고고수의 영예는 대형에게 돌아갔을 것인데 말입니다."

"캬아! 그러게 말이야. 자기들 입으로 최종 승부를 펼친다 하더니, 어떻게 말을 그리 쉽게 뒤바꿀 수가 있는지."

인풍조원들이 뒤따라오며 아쉬움을 뱉어내었다.

신기자 자신의 입으로 오늘 비무대회에서 최종 승부를 낸다 하였건만, 장로들과 잠시 쑥덕공론을 벌이더니 말을 뒤집어 버렸다.

지나친 호승심으로 인하여 정파 간의 신뢰가 상할 수 있으니 다음 기회에 승부를 낸다는 변명을 늘어놓았다.

그 말에 처음에는 야유를 퍼붓던 무림인들.

그러나 곧바로 이어진 무림맹 외단 고수들 모집 광고에 소란을 피우던 무림인들의 음성은 묻혀 버렸다.

조삼모사 같은 꼴이었다.

"자! 오늘은 음주가 허락된 날이니 모두 외성으로 나가 마음껏 취해봅시다!"

"야호! 우리에게도 오늘 같은 날이 있구나!"

"크하하하! 술이다, 술!"

사내들처럼 호탕하게 소리치는 단소소의 외침에 환호성을 지르는 인풍조원들.

실력은 다른 대문파 제자들에게 떨어지지만 그 마음만은 살아 있는 진정한 무림인들의 모습이었다.

"인풍조원 화운룡은 잠시 걸음을 멈추시오."

그렇게 인풍조원들과 웃고 떠들며 무림맹을 가로질러 외성으로 향하던 중 갑자기 나를 부르는 소리가 들렸다.

"총관부 소속의 제갈유용이라 합니다. 잠시 총군사실에 들라는 총군사님의 명이십니다."

자신을 제갈유용이라 밝히며 문사건을 두른 삼십대 중반의 남자.

절정고수도 아니건만 침중한 눈빛과 발걸음이 특이하였다.

'제갈세가의 인물이군.'

무림맹을 이끌고 있다고 해도 과언이 아닌 신기자 제갈담
운.

그를 돕기 위하여 제갈세가의 인물들이 상당수 무림맹 총
관부에서 일을 하고 있다고 들었다.

다른 오대세가의 일원들이 영웅단에 들어 위명을 떨치고
있을 때 제갈세가의 인물들은 무림맹에 묵묵히 봉사하고 있
는 것이다.

'이상하군. 마치 절정고수와 같은 기세가 느껴지는군.'

만약 과거의 나였다면 모르고 그냥 지나쳤을 것이다.

그러나 자연동화의 경지를 경험하고 나서 상대방의 기를
알아차릴 수 있었다.

아무리 반박귀진에 이른 절정고수라 하더라도 감출 수 없
는 생기라는 것이 존재했다. 그 생기의 양으로 고수를 판별할
수 있는 경지가 현재의 내 위치였다.

그런 내 감각에 느껴지는 평범한 문사 제갈유용의 생기.

결코 범상치 않았다.

"알겠습니다."

제갈담운은 한 번쯤 조용히 만나고 싶었던 자였다.

영웅단에 들어온 이상 일정 기간 무림맹을 위하여 봉사해
야 함은 영웅단의 규약이었다.

그리고 마음속에 마음먹은 바가 있었다.

“다녀오세요. 그리고 조심하세요. 제갈담운은 생각보다 더 음흉한 자입니다.”

“호호호. 아쉽지만 저희들이 먼저 가서 자리를 잡고 있겠습니다.”

“쩝, 오늘 같은 날은 내가 팍 쏘려고 했는데.”

“정말인가! 그래, 자네가 한번 쏘게!”

“유가가 오늘 한턱 쏜다고 합니다! 오늘 우리 한번 거하게 벗겨 먹읍시다!”

“아, 아니, 내가 언제 그랬다고!”

“남아일언중천금! 가자!”

우르르르.

내가 부담스러울까 봐 자신들끼리 왁자지껄 소음을 만들며 외성으로 나가는 인풍조원들.

마지막으로 나를 바라보는 단소소의 걱정스런 눈길을 뒤로하고 제갈유용의 뒤를 따랐다.

“총군사님, 화운룡 소협을 모셔왔습니다.”

무림맹의 중심을 이루고 있는 맹주실의 전면에 위치한 총군사실.

단아한 먹 향이 풍겨 나오는 방 앞에서 제갈유용이 조심스럽게 내가 왔음을 고하였다.

마치 세가의 가주를 대하는 듯한 엄격한 자세로 말이다.

'제갈세가의 가풍이 엄격하군.'

무림맹에서 오대세가의 기재들을 많이 만나 보았다.

하지만 의외로 제갈가의 자제들은 영웅단에 몇 없었다.

그런 제갈세가의 가풍을 오늘 보게 되었고, 결코 오대세가의 그 어느 문파에도 뒤처지지 않음을 알 수 있었다.

"들여보내시오."

"명을 받듭니다."

안에서 들리는 신기자의 음성에 문밖에서 고개를 조아리는 제갈유용.

드르륵, 문이 열렸다.

"어서 오시오, 화 소협."

문이 열리자 업무를 보고 있는 널찍한 탁자에서 몸을 일으킨 제갈담운.

"총군사님을 뵈옵니다."

무림맹에 들어와 처음으로 일 대 일 대면을 하였다.

'비무장에서 보았던 자가 맞단 말인가?'

확연히 달랐다.

아침에 뭇 무림인들 앞에서 조심스러워하던 신기자의 모습은 보이지 않고, 마치 무림맹의 맹주처럼 호탕한 기질을 드러내는 제갈담운.

'의도적으로 기를 흘려내고 있다. 내기를 조절하고 있다.'

신기자에게 포권을 취하고 고개를 올리는 순간 느껴지는 가식적인 신기자의 기운.

실력을 감추고 있었다.

"하하하. 이번 비무대회의 주연인 화 소협을 내가 귀찮게 부른 것은 아닌지 모르겠소."

준비된 의자로 자연스럽게 인도하며 보기 좋은 웃음을 짓는 제갈담운.

내가 오기를 기다렸다는 듯 찻물이 청자기 안에서 향기를 풍기며 끓고 있었다.

"아닙니다. 그리 안 해도 한번 찾아뵙고자 했습니다."

"그렇소이까? 그러면 화 소협이 찾아올 때까지 기다릴 걸 그랬소이다. 괜히 늙은이가 성격만 급했소이다."

무림을 좌지우지하는 무림맹.

그 무림맹을 세 치 혀와 머리로 움직이는 총군사 제갈담운.

생각했던 것보다 소탈하고 정감이 넘치는 자였다.

그렇기에 더욱 의심이 갔다.

대제학 구염상 스승께서 말씀하시기를, 이런 자들이야말로 천하를 구워 먹을 야심가라 했다.

또르르륵.

찻잔에 은은한 녹색의 찻물이 담아졌다.

그윽한 차향이 방 안에 흩날렸고, 심신이 평안하게 가라앉는 느낌이 들었다.

'구하기 어렵다는 옥룡설산의 소호차다.'

사람의 심신을 평안하게 가라앉혀 절로 작은 웃음을 짓게 만든다는 소호차.

특별한 고객을 접대할 때만 사용하는, 구하기 어려운 귀한 차였다.

"그런데 무슨 이유로 저를 보자고 하셨는지요? 맹의 일도 바쁠 터이신데……."

가볍게 의중을 떠보았다.

그런 내 물음에 빙그레 웃음을 짓는 제갈담운.

속을 알 수 없는 그의 검은 눈동자도 따라 웃고 있었다.

'경지에 이른 자다.'

사람이 억지로 웃음을 짓더라도 눈동자는 거짓말을 하기 힘들다. 하지만 지극한 경지에 이르면 자신의 눈동자로도 거짓말을 할 수 있는 자들이 있다 하였다.

과거 구염상 스승도 그랬고, 황실에서 왔던 요 대인이라는 자도 그랬다.

그리고 지금 눈앞의 제갈담운도 그런 경지에 이른 자였다.

"우선 차를 한잔 들게. 내 자네를 위하여 특별히 준비한 내 가보일세."

자연스럽게 자네라 부르는 제갈담운.

'이것은!'

그 순간 찌르르 파고드는 낯설고 거북한 기운.

'미혼공?'

그러했다.

몸 안에서 내공이 자연스럽게 일어나며 대항하는 기운을 만들어내는 것이 미혼공 종류가 분명했다.

'제갈담운, 무언가 있는 자다.'

확실히 결정을 냈다.

이런 자에 대한 판단은 늦어질수록 위험하였다.

"감사히 마시겠습니다."

미혼공의 기운을 자연스럽게 흘려보내며 소호차를 들이켰다.

영웅단에 들어와 오랜만에 마셔보는 고급 차.

한 모금을 마시자 편안함이 나를 감싸 안았다.

'생각보다 더 대단한 자인가?'

웃음을 짓고 있었지만 제갈담운의 머리는 이 순간 바쁘게 움직였다

하산파 제일고수의 제자인 화운룡.

겉으로 드러난 것보다 감춰진 것이 더 많은 이자에 대하여

제갈담운은 고민스러워졌다.

삼 년 전 장강 일대에서 퍼졌던 장강신룡이라는 자가 혹시 이자가 아닐까 생각하였다.

지나온 길이나 입수한 정보에 의하면 화운룡과 너무나 비슷한 점이 많았다.

그러나 무공이 전폐된 상태에다가 수로투왕 공승필이 주었다는 흑룡패도 발견하지 못했기에 의심을 거두었다.

물론 의심 많은 그였기에 일 년 동안 꾸준히 관찰하였지만, 화운룡은 무공이 전폐된 그 상태 그대로였다.

그런데 갑작스럽게 영웅단 비무대회에서 예상치 못한 커다란 변수로 등장하였다.

대문파의 장로들과 일수를 겨룰 정도로 엄청난 무위를 보이며.

'흐흐. 유미수왕미혼공을 시전하였으니 이제 내 말에 호감을 갖게 될 것이다.'

유미수왕미혼공.

제갈세가에서 천하의 미혼공을 모아 새로이 창안한 미혼공이었다.

마교나 사파의 미혼공처럼 강제적으로 인간의 정신을 조종하는 것이 아니라 지극한 호감을 갖게 만들어 자연스럽게 시전자의 뜻에 동참하게 만드는 미혼공.

정순한 내공에 기인하기에 절정고수라도 감지하지 못하는 미혼공이었다. 그리고 지금껏 제갈담운이 무림맹을 무리 없이 이끌 수 있었던 것도 다 이 미혼공 덕분이었다.

"자네도 알 것이네. 지금 무림맹과 영웅단에서 자네의 위치를 말이야."

차를 다 마시기를 기다렸다 천천히 입을 여는 제갈담운.

그 말에 화운룡은 찻잔을 내려놓으며 제갈담운의 얼굴을 담담히 바라보았다.

'설마?'

그 담남한 모습에 설마라는 생각이 드는 제갈담운.

"하시고 싶은 말씀이 있으시다면 간단히 얘기해 주십시오. 제가 부족하여 잘 모르겠습니다."

감정 없는 화운룡의 목소리.

제갈담운은 순간 깨달을 수 있었다.

화운룡이 결코 유미수왕미혼공에 걸려들지 않았다는 것을.

"큼……. 자네가 가진 바 실력이 뛰어남은 인정하네. 그러나 아무리 개인의 힘이 강하더라도 구대문파와 오대세가와 척을 지고 살 수는 없네. 하지만 현재 자네의 상황은 그 척을 지고 사는 것에 가깝다는 것을 알고 있을 것이네."

솔직하게 말을 꺼내는 제갈담운.

"알고 있습니다."

고개를 끄덕이며 인정했다. 이런 자에게 어설프게 마음을 감추는 것보다 이렇게 속마음을 드러내는 것이 더 편했다.

"알고 있다라? 그런데 왜 그랬나?"

제갈담운이 흥미로운 눈빛으로 물어왔다.

"후후. 글쎄요……. 그냥 그러고 싶어서 그랬습니다."

"그냥? 푸하하하! 자네, 보기보다 재미있는 친구군."

이제는 서슴없이 친구라는 말까지 꺼내는 제갈담운.

"그럼 대책은 있나?"

친근함을 표시하며 제갈담운이 다시 물어왔다.

"저를 이곳으로 부른 이유가 무엇입니까?"

대답 대신 질문을 던졌다.

"음……."

침묵하는 제갈담운.

나의 두 눈을 웃음 깃든 눈빛으로 바라보았다.

"자네도 나에게 할 말이 있는 것 같은데……. 그 할 말은 일종의 부탁이겠지. 무림맹의 이름으로 활동할 수 있도록 도와달라는 것이겠지……."

'신기자라는 이름이 허명이 아니군.'

정확히 내가 처한 상황과 내가 부탁할 것을 알아채고 있는 신기자 제갈담운이었다.

"그렇습니다. 당분간 무림맹 안에 머물 수 있도록 도와주십시오. 그리하면 총군사께서 말씀하고자 하는 바를 들어드리겠습니다."

"내가 부탁할 말? 호오, 자네가 그것을 아나?"

눈빛을 번뜩이는 신기자.

"무림맹에 남아 총군사님의 일을 도와드리겠습니다. 제 양심이 허락하는 한에서 밀입니다."

"……."

제갈담운은 말이 끝나기 무섭게 입을 다물었디.

"어차피 이 상태로 영웅단이나 내단에 머물 수 없습니다. 외단에 머물 수 있도록 조치를 취해주십시오."

요구하는 김에 확실히 부탁하였다.

무서운 것이 아니라 더러워서 피하는 것이었다.

내가 무림맹을 나가는 순간, 나와 악연이 있는 대문파는 반드시 복수를 하려 할 것이다. 문파의 명예에 먹칠을 한 나를 가만히 둔다면 지금의 대문파들이 있을 수 없었다.

하지만 내가 만약 무림맹의 이름 안에 머문다면 쉽게 일을 만들 수 없을 것이었,

나뿐만 아니라 난주에 있는 아버지에게도 말이다.

"하하하. 무공뿐만 아니라 상황 판단도 정확하군. 좋네. 자

네를 외단으로 발령내 주겠네. 단, 조건이 있네.”

조건을 꺼내드는 제갈담운.

쉽게 허락하지 않을 것이라 짐작은 하였었다.

“무엇입니까?”

“인풍조원들 모두를 데려가게. 어차피 영웅단에 들어오는 순간 몇 년 동안은 무림맹에서 봉사를 해야 한다네. 그리하면 외단에 특별 조직인 인풍단을 창설해 주겠네.”

‘발목을 잡겠다, 이건가?

짧은 순간에 참으로 많은 것을 생각하고 포석을 취하는 제갈담운이었다.

“좋습니다.”

지금 불리한 위치에 있는 것은 나였다.

아직은 무림맹을 떠날 때가 아니었다.

좀 더 극적인 순간, 이 더럽고 치사한 곳을 벗어날 것이다.

“주십시오.”

뜬금없이 달라는 말에 의문을 표하는 제갈담운.

“비무대회 십위 안에 들었습니다.”

“아! 천웅단! 하하하. 미안하네. 그리 안 해도 자네에게는 특별히 내가 전달해 주려고 했네.”

그리고 자리에서 일어나 집무실 탁자 위에 놓여 있는 귀한 자단목 목합을 드는 제갈담운.

"이것이 천웅단이네. 이십 년 공력을 증진시킬 수 있는 귀한 영단이지."

향이 날아갈까 봐 단단히 밀봉된 자단목의 목합.

상서로운 기운이 목합에서 풍겨져 나왔다.

"그럼, 총군사님만 믿고 가겠습니다."

"그러게. 다음에 봄세."

천웅단을 품에 갈무리하고 짧게 포권을 취하며 군사실을 빠져나왔다.

등 뒤에 느껴지는 알 수 없는 제갈닦유의 시선을 받으며.

"무림일통대계의 첫 번째 대장정은 본 궁의 혈무단 기재들과 정파 영웅단 놈들과의 비무로 시작될 것입니다."

혈황 궁천무극이 머무는 거대한 대전.

혈무궁의 다섯 기둥인 오대 봉신가문과 혈황의 삼대 제자를 비롯한 혈무궁의 백대 고수들이 모두 모여 있었다.

그리고 혈천귀뇌라는 별호만 있지 이름이 알려지지 않은 혈무궁의 두뇌 혈천귀뇌가 무림 음모를 진행시키고 있었다.

"아마 본 궁이 비무를 청함과 동시에 무림에 소문을 내면 정파 놈들은 그 오만한 자존심에 반드시 참가할 것입니다. 그때 무림일통대계를 알리는 커다란 사건을 터뜨리면 되는 것입니다."

혈황 궁천무극이 뿜어내는 묵직한 기세에 조용하기만 한 혈무궁 대전 안.

모든 이들의 시선은 혈천귀뇌의 입을 바라보았다.

"그깟 비무대회로 사건이라 할 수 있습니까? 차라리 그것보다는 기습 공격을 펼쳐 무림맹 지부를 궤멸시키고 손발을 묶은 다음에 각 문파들을 각개격파하는 방법이 좋지 않겠습니까?"

혈무궁을 이루고 있는 오대 봉신 가문 중 혈해방의 방주인 사광무절 종염극이 호기 넘치는 음성을 토했다.

한 자루 대부혈도로 펼치는 혈염무광도법은 혈황 궁천무극을 제외하고는 적수가 없다 할 정도로 무공이 강한 자였다.

"아직 제 말이 끝나지 않았습니다. 종 방주께서는 잠시 기다려 주십시오."

종염극의 외침에 빙긋이 웃으며 쥐새끼 같은 작은 눈으로 바라보는 혈천귀뇌.

그 말에 종염극은 입을 다물었다.

혈천귀뇌에게 찍히면 소리 소문도 없이 문파나 사람이 사라진다는 것을 혈무궁 사람들은 모두 알고 있었다.

"계속 말하라."

혈황 궁천무극이 조용히 입을 열었다.

"혈황의 명을 받드옵니다."

공손히 혈황에게 고개를 숙이며 다시 뭇사람들을 바라보는 혈천귀뇌.

"단지 비무로 끝난다면 종 방주의 계획처럼 행해야 할 것입니다. 하지만 이건 비무가 아니라 무림맹의 파멸을 위한 서곡을 알리는 것입니다."

자신만만한 표정을 지으며 혈천귀뇌는 좌중의 시선을 받아내었다.

"아마도 비무대회가 열리면 무림맹 놈들은 영웅단을 보호하기 위하여 제법 많은 고수들을 파견할 것입니다. 또한 무림맹을 제외하고도 자파 기재들의 활약을 보기 위한 정파 놈들까지 꾸역꾸역 몰려들 것입니다. 그때를 노려 일거에 정파의 기세를 꺾으면 무림일통대계는 시작과 동시에 반을 성취할 수 있을 것입니다."

귀계가 가득 들어차 있는 작은 눈을 번뜩이는 혈천귀뇌.

혈무궁 내에서도 혈천귀뇌의 본 이름과 출신을 모르고 있었다.

그저 신교 발호 이후로 지리멸렬한 사파를 규합하여 오늘의 혈무궁으로 재탄생시킨 장본인이라는 것밖에 아는 것이 없었다.

"일거에 쓸어버릴 계책은 준비가 되었는가?"

궁천무극이 조용하지만 묵직한 음성으로 물었다.

"그렇습니다. 이미 혈무단이 탄생하는 순간부터 계획된 일들입니다. 혈황께서 명만 내리신다면 바로 그 결과를 볼 수 있으실 것이옵니다."

자신만만한 혈천귀뇌의 음성이 대전을 울렸다.

그 말에 혈무궁 백대 고수들은 서로를 바라보며 암중의 의견을 나누었다.

혈천귀뇌의 말처럼만 된다면 이보다 쉬운 방법은 없었다.

"하지만 정파 놈들을 쓸어버린다 하더라도 신교 놈들이 우리의 뒤를 친다면 어찌합니까? 그 대책도 세워야 하지 않겠습니까."

혈무궁 오대가문 중 나름대로 지혜롭기로 소문난 사검문의 문주 사혈마검 유회가 질문을 던졌다.

그 말에 사파 고수들은 고개를 끄덕였다.

정파도 문제였지만 신교는 더 꺼림칙한 존재였다.

"물론 그에 대한 대비책이 있습니다. 하지만 이 일은 비밀스럽게 진행되어야 하기에 혈황의 허락을 받아 각자에게 명을 내릴 것이니, 그때까지 모두 참고 기다리십시오."

"……."

혈천귀뇌의 말에 모두 궁금한 표정을 지었지만 입을 다물었다.

혈천귀뇌가 혈황 궁천무극의 지극한 신임을 받고 있다는

것은 이곳에 있는 자들 모두가 알고 있었다.

"모두 물러가라. 이후의 일은 본 혈황이 지시를 내릴 것이니 모두 만반의 준비를 갖추어라!"

"혈명!"

한 번 떨어진 명은 반드시 지켜야 했다.

궁금함을 뒤로하고 혈무궁의 고수들은 모두 자리에서 일어나 신속하게 사라졌다.

"그 방법을 말해보라."

모두 사라시사 혈황이 혈천귀뇌에게 물음을 던졌다.

"적의 손으로 적을 죽이는 차도살인의 계책에 호랑이를 산에서 유인해 내는 조호이산의 계책을 동시에 진행하여야 합니다. 그리고 마지막으로 충분한 휴식을 취한 본궁의 정예들을 일거에 몰아 이일대로의 계책으로 피로에 지친 적들과 그 본거지를 단숨에 제거해야 합니다. 그리한다면 혈황께서 무림을 일통하실 수 있을 것이옵니다."

혈천귀뇌가 눈을 빛내며 설명하자 혈황 궁천무극은 고개를 끄덕였다.

"영웅단을 비롯하여 수많은 정파 놈들이 죽어가도 놈들은 우리가 한 일인지 모를 것입니다."

눈짓으로 다시 묻는 혈황.

"호호. 이 일을 위해서 혈무단과 혈무궁의 정예들도 어느 정도 손실을 입을 것이니, 결코 놈들은 모를 것입니다."

흉측한 음소를 날리는 혈천귀뇌.

"너를 믿겠다. 무림일통대계를 위임하겠다!"

척하면 척이라는 말처럼 서로의 마음을 잘 알고 있는 두 사람.

그렇게 무림일통대계의 계책이 시작되었다.

그동안 평온하기 그지없는 무림에 한바탕 피바람을 퍼부을 거대한 음모로 펼쳐지면서…….

第五十三章 너만은 지켜주리라

"먹어."

"이, 이게 뭐예요?"

내가 내민 자단목의 목합을 받아 들며 단소소가 큼지막한 두 눈을 껌벅였다.

한바탕 거하게 술을 마시고 영웅단 처소로 돌아가는 길.

인풍조원들이 모두 사라진 새벽의 싸늘한 기운 속에 단소소의 나는 낫을 두껍게 닫구었던 비무장 한 켠에 엉덩이를 깔고 앉아 있었다.

끼이익.

말이 없자 손에 받아 든 자단목함을 조심스럽게 열어가는 단소소.

"이, 이것은……!"

"강해져라. 나와 함께하려면 목숨 몇 개는 여벌로 가지고 다녀야 하니."

"하지만 이렇게 귀한 것을……."

먹었던 술이 확 깨는지 단소소의 목소리는 차갑게 떨렸다.

"너도 꿈이 있을 것이다. 그 꿈을 위해 이것은 너에게 꼭 필요할 것이다."

이미 내공의 경계가 무의미한 상태에 들어선 나에게 이런 영단은 그리 도움이 되지 않았다.

"감사해요. 그리고… 이 은혜, 백배로 갚아줄 것이에요."

거절하지 않고 순순히 받아들이는 단소소.

그녀의 두 볼에서 차가운 이슬이 맺히는 모습이 보였다.

'화운룡……. 당신을 위해 죽을 것이에요.'

단소소는 가슴속으로 파고드는 벅찬 환희를 감당하느라 속이 터질 지경이었다.

천웅단이 어떤 영단이던가.

복용을 하면 단숨에 이십 년 공력을 얻을 수 있는 지고한 가치의 영단.

그렇기에 천웅단은 단소소에게 반드시 필요한 것이었다.

아무리 지혜가 뛰어나더라도 무력이 약하면 적들에게 제일 먼저 개죽음을 당할 수 있는 위치가 두뇌 역할을 맡은 자들의 운명이었다.

또한 가문의 원수를 찾고, 제갈세가를 누를 수 있는 천하제일 현자 가문이 되기 위해서라도 무공은 필수적 요소였다.

"운기해라. 너를 지켜주겠다."

귓가로 들려오는 화운룡의 무덤덤한 목소리.

하지만 단소소는 화운룡에 대해서 조금은 알 수 있었다.

저 목소리나 행동과는 달리 저 넓은 가슴 안에 용암 같은 뜨거운 정의 물결이 흐르고 있음을 말이다.

"그럼 부탁하겠습니다."

영웅단원들의 결투로 인하여 폐허가 되다시피 변한 승전장의 비무대.

차가운 겨울바람을 맞으며 단소소는 무림지보 천웅단을 입 안에 털어 넣었다.

꿀꺽.

목젖을 타고 넘어가는 엄지손가락만 한 작은 금빛 영단.

하르르르르

"허!"

목젖을 타고 녹아들어 가던 영단이 갑자기 뱃속에서 거친 불길로 일어났다.

가문이 폐문을 당할 지경에 이르러 어릴 적부터 기초 무공을 제대로 수련하지 못한 단소소.

강력한 영단의 기운에 당장에라도 혼절할 지경이었다.

"마음을 다스리고 심법을 운용하라."

그 순간 들려오는 듬직한 남자의 음성.

혼절하여 자칫 영단의 기운을 토해낼 위기에서 들려온 남자의 목소리에 단소소는 급히 정신을 차렸다.

그리고 마음을 가다듬고 운기행공을 시작했다.

불룩불룩.

강하게 일어난 영단의 기운들이 단소소의 운기행공을 통해 혈도를 타고 이동했다.

그러자 아직 커다란 기운을 받아들이지 못하는 혈도들이 불룩불룩 튀어 올라왔다.

이런 경우를 대비하여 다른 대문파의 제자들은 스승이나 사형제들의 도움을 받을 것이다.

그러나 지금 단소소가 세상에서 의지할 사람은 오직 한 명.

화운룡뿐이었다.

턱.

그리고 그 기대를 저버리지 않고 화운룡의 손바닥이 명문혈에 닿음이 느껴졌다.

수르르륵.

명문혈에 화운룡의 손바닥이 닿음과 동시에 부드러운 기운이 단소소의 운기행공 경로를 따라 움직이는 것이 느껴졌다.

'편안하다…….'

혼자서 감당할 수 없던 기운이 화운룡이 흘려준 기운과 합쳐지자 거짓말처럼 편안해짐을 느끼는 단소소.

그녀는 지금 모르고 있었다.

화운룡이 본신내공을 다 끌어올려 단소소의 기운을 천지농화의 형태로 흡수시기고 있음을 말이다.

스스스스.

위험한 고비를 넘기고 홀로 대주천에 빠져 있는 단소소.

'일 갑자가 넘었다. 거기에 생사현관이 타통된 상태. 깨어나면 어제와 다른 세상을 경험하게 될 것이다.'

땀을 흠뻑 흘리며 무아지경에 빠진 단소소의 모습을 조용히 바라보았다.

달맞이꽃 같은 여인이었다.

겉으로 보기에는 연약해 보이나 어느 곳에서나 강인한 생명력을 발휘하는 달맞이 꽃.

달이 하늘 가득 핀 오늘 같은 밤에만 피어나는 꽃처럼 단소소도 이곳에서 새로이 피어나고 있었다.

일류고수라는 새로운 무인의 이름으로 말이다.

스윽.

단소소를 바라보다 고개를 들어 휘영청 떠 있는 달을 바라보았다.

'아연…….'

그리고 잊을려야 잊을 수 없는 아연의 모습이 떠올랐다.

봄이 되면 찾아와 가을이면 떠나가는 제비처럼 내 품에 날아왔다 매정히 떠나간 그녀.

달이 흠뻑 젖어 있는 오늘 같은 밤, 아연은 내 마음속에 저 달과 같이 아련히 떠올랐다.

"타앗!"

콰르르르르.

마기가 가득 담긴 탄성과 함께 펼쳐지는 옥빛 수강의 파도.

퍼버버벙!

순식간에 허공에서 펼친 백팔수의 손짓에 일 장 크기로 커진 수강들이 거대한 암벽을 때렸다.

퍼버버벙!

콰드드드드득.

높이 백여 장의 거대한 암벽이 통째로 뜯겨져 나갔다.

일 장 크기의 옥빛 수강이 암벽을 덮칠 때마다 파도에 출렁이는 모래성처럼 움찔거리는 암벽.

엄청난 굉음을 뿌리며 터져 나갔고, 이내 자신의 모든 살점들을 지상으로 떨구어 버렸다.

"호호호, 호호호호호!"

자신의 앞을 막아서던 거대한 암벽을 박살 내고 요기 가득한 웃음을 뿌리는 여인.

아름다웠다.

잡티 하나 섞이지 않은 옥처럼 하얀 피부와 추운 겨울 날씨에도 불구하고 투명하게 몸의 굴곡이 보이는 은빛 나삼을 걸친 여인은 인세에 보기 드문 미인이었다.

아니, 미인이자 요녀였다.

웃음소리와 손짓 한 번에 돌부처라도 달려들 것 같은 사이한 요사함이 흘러나왔다.

그런 여인을 바라보는 두 사람이 있었다.

멍한 표정의 한 사내와 입가에 살며시 알 수 없는 미소를 짓고 있는 자.

각각 반대편에서 여인의 광기 어린 행동을 목도하였다.

'소수마공이 십이성에 이르렀다. 무서운 저주의 마공이야. 호호호.'

무섭다 생각하면서도 음소를 짓는 미남자.

신교에서는 그를 옥마공자 염화류라 불렀다.

마황 구천마검의 대제자이자 대총사라 불리는 인물.

구천마검이 젊은 나이에 무림 정벌에 실패하고 교에 들어와 거둔 첫 번째 제자였다.

그의 나이 이제 갓 삼십을 넘었다.

하지만 신교에서 교주 다음으로 강하다는 소문이 파다하게 퍼져 있었다.

'사부, 존경하오이다. 자신의 딸을 저리 만들 수 있다니.'

아무리 신교의 교주지만 사람은 사람이었다.

그러나 교주 마황 구천마검은 사람의 한계를 벗어나 버렸다.

자신이 낳은 딸을 야망을 위하여 희생시킨 비정한 인물.

지금 저렇게 가공할 마공을 뿌리고 있는 신녀 진아연의 운명은 삼 년을 넘지 못할 것이다.

태어날 때부터 수십 명 고수들의 내공으로 마혈타법을 펼쳐 마기를 불어넣어 탄생한 신녀.

소수마공을 십이성 대성한 이후로 삼 년을 넘기지 못하고 한계를 넘는 마공의 후유증으로 폭발하여 죽을 것이다.

'그때였지. 그녀가 떠난 후 사부가 저리 변한 것이……'

제법 많은 것을 알고 있는 옥마공자 염화류는 과거를 회상하였다.

신교의 교주가 되어 야망을 품고 중원에 진출했다가 지리멸렬돼 패퇴한 교주.

하지만 그 당시의 교주 구천마검은 패배를 했을지언정 저리 냉혹한 인물은 아니었다.

아직 젊은 나이였고, 교주를 따르는 신교 무리들과 교주가 사랑하던 한 여인이 그의 곁에 있었다.

신교에서는 교주와 사매였던 그 여인이 교주의 부인 자리에 오를 것이라 다들 믿고 있었다.

그리던 어느 날 경천동지할 대결이 신교에서 벌어졌다

구천마검과 정인이었던 사매와의 생사결의 대결.

그 대결에 감히 일반 신교도들은 끼어들지 못하였고, 교주에게 일장을 맞은 사매는 피를 토하며 도주를 감행하였다.

물론 그녀의 도주에 신교도들이 가만히 있지 않았지만 구천마검은 교주의 명으로 명했다.

그녀를 잊으라고. 절대 그녀를 찾지도 말고, 보아도 아는 체를 말라고 엄명을 내렸다.

교주와 그녀만 알고 있는 비밀.

은밀한 소문에 의하면, 도망간 교주의 사매는 떠돌이 무사를 만나 상단을 꾸리고 난주에서 살다 죽었다고 한다.

하지만 교주의 명이 있기에 감히 그 누구도 그 사실을 확인하지 못했다.

그리고 마황 구천마검은 변하였다.

신교도들을 나름대로 애민하며 보살피던 교주는 사라지고, 무지막지한 힘으로 다스리는 통치의 시대가 찾아온 것이다.

그 와중에 교주는 어느 날 자신의 시중을 들던 시비를 범하였고, 그때 태어난 여인이 바로 지금의 신녀 아연이었다.

'크크. 이제 무림일통도 얼마 남지 않았군. 중원의 피라미들이 어찌 극마의 경지를 넘어선 교주의 일수를 받을 수 있단 말인가. 그리고 교주에 버금가는 마공을 수련한 신녀의 일수 또한 그 누가 받을 수 있단 말인가.'

생각만 해도 짜릿한 옥마공자 염화류.

교주와 신녀가 무림일통을 이루어낸다면 천하의 주인은 자신이 될 것이라 믿어 의심치 않았다.

이미 암묵적으로 차기 신교의 교주로 내정된 상태에다가 수많은 신교도들이 잔혹한 교주에 환멸을 느끼며 자신에게 몸을 의탁하였다.

물론 중원에 나가 있는 둘째 사제인 혈마진검 구백동이 약간 걸렸다.

신교의 전통상 강자존의 원칙에 따라 모든 순위가 결정되기에 안심할 수 없는 상태였다.

하지만 염화류는 자신이 있었다.

대서고에서 신교십대호법무공 중 하나인 혈마진천강기를 발견하였다.

그리고 지금의 그는 혈마진천강기가 십성을 넘어서고 있었다.

"호호호, 호호호호."

염화류가 바라보는 것을 아는지 모르는지 신녀 진아연은 요사한 웃음을 흘리며 무너진 암벽 너머의 또 다른 암벽을 향하여 수강을 날렸다.

주제하지 못할 미기에 이지를 상실하고서…….

'아, 아연…….'

신교의 절대적 존재인 신녀의 이름을 부르는 한 남자.

마공을 수련한 자라고는 믿을 수 없도록 창백한 얼굴의 준미가 수려하여 시원함을 풍기는 미남자.

신교에서는 그를 유광마검 중유용이라 불렀다.

마황 구천마검의 세 번째 제자로 미친 마검이라 불릴 정도로 무식한 마검을 휘두르는 주인공.

하지만 보이는 모습은 영락없는 서생이었다.

그런 유광마검 중유용은 신녀 아연을 슬픈 눈동자로 바라보았다.

'너만은 지켜주고 싶었다. 그래서 미친 듯이 검을 잡았건

만…….'

중유용만이 아는 비밀.

어릴 적부터 신교의 교도들과 달리 화사한 미소와 선한 성품을 소유했던 아연.

그녀의 미소는 백만 송이 꽃보다 아름다웠다.

그녀의 눈물은 십만 교도들의 애통함보다 더 슬펐다.

그녀의 흥얼거리는 노랫소리는 그 어떤 악공의 노래보다 아름다웠다.

그런 그녀가 변했다.

오직 그녀만을 위해 살아왔던 유광마검 중유용.

그의 창백한 얼굴에 애잔한 슬픔이 드리워졌다.

"호호호, 호호호호."

요란한 웃음을 지으며 허공을 날아 또 다른 암벽에 소수마공의 강기를 뿌리는 아연.

중유용이 알던 아연은 이미 없었다.

하지만 중유용은 결코 아연을 버릴 수 없었다.

아연이 없는 삶은 바로 죽음, 그 자체였기에.

'너와 함께 죽어줄게.'

이제 그녀에게 해줄 수 있는 것은 오직 하나.

그녀가 죽을 때 같이 죽어주는 것.

중유용은 슬픈 미소를 지으며 다짐하였다.

‘그런데 저 낡은 비파는 왜 간직하고 있는 것이지…….’

아연이 중원에서 돌아온 이후로 단 한시도 손에서 놓지 않고 있는 낡은 비파.

지금도 강기를 펼치면서 비파만은 품에 꼭 껴안고 있었다.

마치 사랑하는 연인이라도 되는 듯 말이다.

第五十四章 활검의 길

두두두, 두두두두.

어느새 파릇파릇하게 물든 봄날의 대지.

그 생명 넘치는 대지를 말을 몰아 달렸다.

그런 내 뒤를 따라오는 이십여 명의 인풍단 단원들.

지난 몇 달간 영웅단에서 분리되어 독립적인 외단 조직으로 편성되었다.

무림맹과 지부를 운용하는 다른 외단의 무사들과 달리 무림맹 군사와 장로회의의 명에 의해 운용되는 특별 조직.

신기자 제갈담운이 약속을 지킨 것이다.

그리고 지난 몇 달간 나의 가르침 속에 제법 고수의 틀을 잡아간 인풍단원들이 거칠게 말을 몰았다.

'갑작스럽게 비무대회라니……'

무림맹의 외단은 내단과 동떨어진 곳.

그곳에서 껄끄러운 영웅단원들과 마주치지 않고 오랜만에 편안한 휴식을 맛보았다.

물론 인풍단원들과 일일이 한 대련을 통해서 그들의 장단점을 지적하며 실력 향상을 꾀하였기에 개인적인 시간은 많지 않았다.

하지만 정신적으로 안정이 되었기에 실로 오랜만에 유쾌한 시간을 보냈다.

어차피 몇 년 동안은 무림맹에 봉사를 해야만 하기에 시간도 보낼 겸 좋은 시간이었다.

그런데 문제가 터졌다.

갑자기 사파연합인 혈무궁에서 날아온 비첩.

삼 년 전 결성된 사파연합의 혈무단 기재들과 무림맹에서 육성한 영웅단 기재들 간의 대규모 비무를 제안해 온 것이다.

이에 자존심 강한 무림맹 원로들은 싹을 잘라야 한다며 비무를 받아들였고, 영웅단원들과 혹시 모를 위협에서 그들을 호위할 무림맹 무사들 수천 명이 함께 이동을 하기로 결정하였다.

　나 또한 명을 받아 실력이 어느 정도 수준에 도달한 이십여 명의 인풍단원과 함께 말을 달렸다.

　'사파 놈들에게 무슨 꿍꿍이가 있을 것이다. 그렇지 않고서야 그들이 정면 대결을 취할 이유가 없다.'

　잠잠하던 삼십 몇 년간의 무림.

　갑작스럽게 일이 터졌다.

　"단주님, 저 마을에서 쉬었다 가요!"

　열심히 말을 달리고 있는 와중에 들리는 단소소의 뾰족한 외침.

　아침부터 쉬지 않고 말을 달렸기에 먼지를 뒤집어쓴 단소소가 쉬었다 가기를 청하였다.

　"단주님! 허리가 어디 있는지도 모르겠습니다."

　"먼지 낀 목을 시원하게 적셔주십시오!"

　단소소의 말이 끝나자 인풍단원들이 소리 높여 쉬었다 가기를 청하였다.

　그런 인풍단원들의 함성에 입가에 빙그레 웃음이 맴돌았다.

　같은 건물에서 한솥밥을 먹고, 마음을 터놓으며 무공을 수련하자 금세 같은 문파의 사제들처럼 친해진 인풍단원들.

　나를 따라 순순히 인풍단에 속할 정도로 나를 믿고 따랐다.

　"좋아! 그럼 저 마을에서 쉬었다 간다!"

“야호!”

“우리 단주님 멋쟁이라니까!”

환호성을 지르는 인풍단원들.

말고삐를 잡아 무이산 산맥 자락이 멀리 보이는 어느 마을에 들어섰다.

‘어느새 소문을 들었군.’

영웅단과 혈무단의 비무 장소로 결정된 대유령의 사천평.

무이산 자락의 한 분지로, 그 넓이가 사방 수천 평이 넘는 거대한 분지를 이루고 있다고 하였다.

그리고 관도 곳곳에서 사천평으로 향하는 한 자루 무기를 걸친 무인들의 모습이 눈에 띄었다.

정도 무림인들뿐만 아니라 안색이 흉흉한 사파인들까지 이동하는 모습.

아마 사천평에 도달하기 전에 수십, 수백 곳에서 칼부림이 일어날 것이 분명했다.

하지만 그 어느 누구도 목숨이 아까워 발길을 돌리지는 않을 것이다.

그것이 검을 든 자의 운명이었기에.

따각따각.

가슴에 무림맹을 상징하는 맹(盟)이 수놓아진 푸른색 경장을 걸치고 있었다.

그런 우리를 바라보는 무림인들.

사천평에서 가까운 곳이었기에 많은 무림인들의 모습이 보였다.

"저곳이 좋겠네요."

단소소가 손을 들어 십 장 앞에 서 있는 향화루라는 이층 주점을 가리켰다.

고개를 끄덕이며 앞장을 섰다.

"무림맹 무사들이야."

"외단 소속의 말단 무사들 같은데 기세가 장난이 아니군."

검은 실로 새겨진 맹이라는 글자와 푸른 장삼은 무림맹 외단 소속의 표식이었다.

그 표식을 발견한 무림인들이 쑥덕거리는 소리가 들렸다.

아무리 외단의 무사라지만 무림맹 무사.

대문파가 아니면 감히 건들 자가 없을 것이다.

"어서 오십시오!"

말을 이끌고 주루 앞에 다가서자 기다리고 있었다는 듯 점소이가 달려와 말고삐를 잡았다.

"자리가 있는가?"

"헤헤, 물론입죠. 여기 무림맹 무사님들이 머물 수 있는 스무 자리가 딱 남았습니다."

눈썰미 좋은 점소이가 손바닥을 비비며 자리가 있다고 하였다.

"그럼 안내하게."

"감사합니다요. 헤헤헤."

허리를 굽실거리며 앞장을 서는 점소이.

"크으! 무이산의 명주인 금화주 냄새가 이곳까지 나는군."

"오리고기에 금화주라! 캬아, 벌써 침이 고이는군."

가식적인 다른 정파인들과 달리 솔직하게 자신의 감정을 표하는 인풍조원들.

말에서 내리며 연신 침을 삼켰다.

저벅저벅.

그렇게 인풍조원들을 이끌고 시끄러운 소리가 들려오는 향화루의 안으로 들어섰다.

"……."

순간 조용해지는 주루 안.

'위험한 동거군.'

안으로 들어서자 약 이백 석 규모의 주루는 발 디딜 틈도 없이 꽉 차 있었다.

대부분이 병장기를 휴대한 무림인들.

그들 모두 이야기를 나누고 있다가 우리가 들어서자 입을 다물고는 우리 쪽을 바라보았다.

"이쪽입니다요. 헤헤."

침묵 속에 긴장한 점소이가 헤실거리며 황급히 엉덩이를 씰룩이며 이층으로 안내하였다.

"하하. 어색해하지 마시고 담소들 나누십시오."

"캬아, 역시 내 코는 못 속인다니까."

과거와 달리 자신감이 붙은 인풍단원들이 포권을 취하며 무림인들을 대하였다.

실력자만이 보일 수 있는 여유였다.

'제법 실력 있는 자들도 있군.'

한눈에 실력자들이 눈에 들어왔다.

'저기 평범해 보이는 노인과 여인. 그리고 마지막으로 저 자.'

일층에 없던 실력자들이 몰려 있는 이층.

점소이 말대로 이십여 석이 앉을 수 있는 거대한 탁자가 주인을 기다리고 있었다.

"이 자리입니다요."

"오우! 우리를 위한 자리군."

"단주님! 오늘 목구멍의 때를 실컷 벗길 것이니 책임지십시오!"

"두말하면 잔소리지. 단주님이 쩨쩨하게 밥값 가지고 치사히게 굴 양반이 아니지."

후다닥 자리를 차지하고 앉아 이구동성으로 입을 여는 인풍조원들.

물론 아까울 것이 아무것도 없었다.

제갈담운이 넉넉히 지급한 돈도 있었고, 원래 내가 지니고 있던 돈도 제법 되었다.

"점소이."

"네! 단주님."

단주라는 말을 알아듣고 따라 부르는 영특한 이십대 초반의 점소이.

"알아서 최상급 음식을 내오게. 그리고 금화주도 넉넉히 내오고 말이야."

"헤헤! 걱정 마십시오, 대인!"

한턱 거하게 주문을 하자 단주에서 대인으로 격상되었다.

쓸 만한 점소이였다.

"역시 우리 단주님이라니까!"

"화끈한 단주님, 복 받으십시오!"

입이 함지박만 하게 벌어진 인풍조원들이 다투어 아부를 해왔다.

찌릿.

그 순간 느껴지는 작은 기세.

스윽 고개를 돌렸다.

‘저자는 누구지? 감추어진 기도로 보아 예사 고수가 아니다.’

무림에 널린 것이 기인이사라 하였다.

그리고 그 기인이사 중 한 명의 고수를 만났음을 알았다.

이제 갓 이십대를 벗어나 보이는 남자.

헌앙한 기도와 풍채 좋은 모습이 부잣집 도련님 같은 모습이었다.

하지만 허리에 매어져 있는 한 자루 검이 그가 무인임을 나더냈다.

씨익.

나와 눈이 마주치자 사람 좋은 웃음을 짓는 남자.

웃는 얼굴에 침 뱉을 수 없기에 가볍게 고개를 숙여 응했다.

“현아야, 너는 이번 무림맹과 혈무궁의 비무대회를 어찌 생각하느냐?”

자리를 잡고 음식을 기다리는 순간 귓가에 창노한 음성이 들려왔다.

“글쎄요? 전 아직 어려서 잘 모르겠지만, 무슨 음모가 있지 않을까요?”

“음모라? 구체적으로 무엇을 말이더냐?”

고수로 짐작되는 노인이 이번 비무대회 이야기를 꺼내었다.

“무림인들이 조금만 생각이 있다면, 이번 비무대회에 참가하지 않을 것이에요. 혈무궁이 지난 수십 년 세월 동안 침묵하고 있다가 세상 밖으로 나온 후에 고작 한다는 짓이 비무대회라면 좀 웃기지 않을까요? 명색이 사파들의 단체인데 너무 정파 흉내를 내는 것이 일단 마음에 안 들어요.”

육십을 넘어서는 노인의 물음에 십대 후반의 여인이 고개를 갸웃거리며 대답하였다.

“그 이유로는 조금 부족하지 않더냐? 혈무궁 놈들이 개과천선할 수도 있고, 아니면 그만큼 이번 비무대회에 자신이 있다는 말이 될 수도 있지 않겠느냐.”

“에이, 그건 할아버지 생각이죠. 혈무궁 놈들이 어떤 놈들인데 자신감만으로 이런 일을 벌일 수 있겠어요. 아마도 무언가 커다란 흉계가 있음이 분명해요. 대유령 사천평은 한쪽으로 오르는 길만 있지, 그 반대편은 천장단애의 낭떠러지예요. 그런 불리한 곳을 장소로 잡았다는 것도 수상한 짓이에요.”

현아라 불리는 십대 후반의 주근깨가 귀엽게 눈가 주변에 핀 여자 아이가 그것도 모르냐는 식으로 입을 삐죽이며 대답하였다.

“에이, 그래도 그렇지. 설마 네가 짐작하는 것을 무림맹의 잘난 양반들이 모를 것 같더냐.”

만담을 펼쳐 가듯 자연스럽게 이야기를 꺼내는 두 사람.

이층 주루에 있던 이들 모두가 어느새 입을 다물고 그들의 말에 귀를 기울였다.

"호호호. 잘난 양반들이 너무 잘나서 문제라는 것을 할아버지도 아시잖아요. 지나친 자신감과 자존심으로 인해 아마 이번에 큰코 좀 다칠 것이에요."

아직 어린 여인이건만 대놓고 무림맹 수뇌부를 비난하였다.

그리고 살짝 무림맹 소속인 우리를 바라보는 여인.

배시시.

나와 눈이 부딪치자 여인이 입가에 활짝 웃음꽃을 피웠다.

'인피면구?'

그 순간 알아챌 수 있었다.

여인의 얼굴과 목덜미가 은은하게 차이가 나는 것을 말이다.

"무림칠기 중 한 명인 현묘자예요. 십 년 만에 나타났군요."

단숨에 알아챈 단소소의 진중한 전음.

'현묘자라면 만담 형식으로 세상에 벌어질 일들을 경고해 준다는 기인이 아닌가.'

나도 익히 알고 있었다.

이미 삼십여 년 전에 일어난 신교 발호 전에도 무림을 떠돌

며 신교가 발호할 것이라 만담으로 이야기하고 다녔던 현묘
자.

그 입을 막기 위하여 신교에서 고수를 파견했다가 모조리
죽임을 당하였다는 이야기는 무림의 비밀 아닌 비밀 중 하나
였다.

'육십 정도로도 보이지 않건만 벌써 팔십여 세를 넘었다
니. 내공이 노화순청의 경지를 넘었군.'

무림칠기 중 한 명인 현묘자.

내가 바라보자 고개를 돌려 자애로운 웃음을 지어 보여주
었다.

마치 나에 대한 정체를 알고 있는 듯한 태도였다.

"헤헤. 많이들 기다리셨습니다."

그때 점소이가 묘한 분위기를 깨고 나타났다.

다른 점소이 세 명을 대동하여 나타난 그들은 손에 들린 먹
음직스러운 음식들을 탁자 위에 펼쳐 놓기 시작했다.

"크아아! 냄새가 죽이는군."

"맹에서 먹던 것과는 비교가 안 되는군."

사람들과 접촉하기 싫어 촉박한 시간을 앞두고 맹에서 출
발하였다.

그렇기에 육포를 비롯한 건량을 먹으며 강행군을 했다.

그런 상황에서 눈앞에 진수성찬이 펼쳐지자 단원들 모두

고함 같은 함성을 지르는 것이 당연했다.

"호호. 단주님, 제가 한 잔 올리겠습니다."

맹에서도 언제나 사이좋은 연인처럼 내 옆에서 떨어지지 않는 단소소가 술병을 들었다.

"고맙소."

굳이 사양할 것도 없기에 잔을 들어 술을 받았다.

"우리 모두 잔을 듭시다!"

일취월장한 실력 덕분에 자신감이 배가되어 있는 인풍단 원들 모두가 술잔을 들었다.

"모두의 꿈을 위하여!"

내가 만든 인풍단 구호.

"꿈을 위하여!"

구호에 맞춰 초롱초롱한 눈의 단원들이 일제히 잔을 높이 들었다.

벌컥.

입을 열고 단숨에 잔에 가득 담긴 술을 털어 넣었다.

그 순간 화끈한 주향이 목젖을 타고 쭈욱 내려갔다.

무이산 지방의 명주인 금화주다웠다.

"크으!"

"캬아!"

그 뒤를 이어 들리는 화끈한 신음.

우적우적.

신음 뒤에 배고픈 인풍단원들의 손길이 바삐 식탁을 누볐다.

'현묘자의 말대로 무언가 수상하다. 혈무궁 놈들이 단순히 비무대회만을 펼칠 놈들이 아니다.'

이야기를 마치고 긴 곰방대에 궐련을 피우는 현묘자와 오물거리며 음식을 오래 씹고 있는 인피면구를 둘러쓴 손녀.

언제 이야기를 꺼냈냐는 듯 자신들의 일에 몰두해 있었다.

"뭐! 자리가 없어? 이 새끼야, 우리가 누군 줄 알아!"

"아이고, 협사님들, 제발 자비를 베풀어주십시오."

"협사? 크흐흐, 이 새끼가 눈이 삐었나. 누구 보고 협사래!"

퍽.

"켁!"

우당탕!

짧은 주먹질에 우리를 이층으로 안내한 점소이가 비명을 지르며 손님들 탁자 위로 날아갔다.

"이놈들, 죽으려고!"

"야! 이 새끼들아!"

그 순간 자신들의 탁자 위로 날아온 점소이로 인해 음식물이 튀어 옷이 젖은 세 명의 사내가 검과 도를 빼어 들었다.

"뭐? 이 새끼들이!"

터벅터벅.

일층 입구가 보이지 않았지만 들리는 소리만으로도 대충 상황이 짐작되었다.

그동안 정파의 기세에 눌려 조용히 숨죽이고 있는 사파들이 이번 비무대회를 통하여 세상에 나온 것이다.

"네놈의 입으로 지껄였지!"

진득한 살기를 머금은 목소리.

"그, 그야 당신들이 잘못하지 않았소?"

"우, 우리는 서주삼공이라는 사람들이오. 사과하며 없던 일로 하겠소."

기세에 눌려 말을 버벅대는 서주삼공.

"아! 그 유명한 서주삼공이셨구려. 몰라 봬서 죄송합니다."

의외로 일이 잘 해결되는 것 같았다.

"큼, 됐소."

"라고 할 줄 알았지, 이놈들아! 크크크. 뒈져! 이 새끼들아! 우리가 구유방의 혈해사자들이다!"

"크악!"

창! 차자장.

"으아아! 구유방의 혈해사자다!"

"크하하하하! 살고 싶은 놈들은 어서 꺼져라! 구유방이 오늘 이 객잔을 접수했다!"

'구유방……'

이렇다 할 정파 대문파가 없는 복건성의 패자.

문도의 수가 수천에 이를 정도로 거대한 방파였다.

우당탕탕!

구유방 고수들이 나타나 살인이 벌어지자 불에 놀란 메뚜기처럼 사방으로 도망치는 무림인들.

어느새 일층에서 일반 무림인들의 기척이 사라졌다.

"소문주님을 모셔라!"

일층이 정리되자 잔인하게 살인을 저질렀던 혈해사자라는 자가 소문주를 모셔오라 하였다.

"왜 이리 늦었느냐? 그까짓 놈들 하나 처리 못하고."

"죄, 죄송합니다. 저희 구유방을 몰라보는 자들이 있어 잠시 벌을 내렸습니다."

방금 전에 무식하게 살인을 저질렀던 혈해사자라는 자가 두려움에 떨며 변명하였다.

"그래? 그렇다면 어쩔 수 없지. 우리 구유방을 모욕한 놈들이 있으면 일벌백계의 죄를 물어야지."

그 수하에 그 주인이었다.

오만하기 그지없는 목소리로 살인을 정당화하는 소문주라는 자였다.

“이층으로 모시겠습니다.”

뜨끈한 피비린내가 이층으로 피어올라 왔다.

그리고 어느새 음식을 먹다 말고 분노의 눈빛으로 검을 움 켜잡고 있는 인풍단원들.

그런 그들을 제지시켰다.

어차피 손 쓸 틈도 없이 벌어진 살인.

상대가 어떤 놈인지 알고 처벌해도 늦지 않았다.

타나닥.

이층 계단으로 올라오는 놈들의 발자국.

기척으로 보아 약 삼십 명의 인원들이 인으로 들어서고 있 음이 느껴졌다.

“아니, 이놈들이! 접대가리 없이!”

소문주라는 자보다 먼저 이층에 올라온 혈해사자라는 자 의 분노에 찬 음성.

스윽 고개를 돌렸다.

“헉! 네, 네놈들은 무림맹!”

“뭣이! 무림맹 놈들이라니!”

차자장.

무림맹이라는 혈해사자의 외침에 구유방 놈들의 병장기 뽑히는 소리가 들려왔다.

“호오, 무림맹 놈들이 이곳에 있단 말인가?”

혈포를 걸치고 대감도를 든 삼십대 중반의 혈해사자라는
자의 뒤에서 나타나는 소문주라는 자.

눈꼬리와 가는 입매가 하늘로 치솟은 오만한 인상이었다.

휘이익.

타다닥.

소문주의 말이 끝나기 무섭게 일층에서 이층으로 몸을 날
려 온 십여 명의 구유방 고수들.

진득한 살기를 뿌리며 나와 인풍단원들을 노려보았다.

"소문주님, 무림맹 외단 소속 하급 무사들입니다요."

우리를 살피더니 이내 입가에 비웃음을 짓는 혈해사자.

"외단 소속 하급 무사? 크크크. 그리 안 해도 무림맹 놈들
에게 따질 일이 있었는데, 잘됐군."

혈해사자의 비웃음에 기고만장한 소문주.

구유방의 소문주의 행동에 나머지 놈들도 얼굴에 같잖은
미소를 지었다.

마치 무림맹 외단 소속 무사들은 아무것도 아니라는 착각
을 하면서.

"호오! 천하절색의 계집도 있었군. 흐흐, 오늘 내가 제대로
복을 받는구나."

인풍조원들의 차가운 살기를 감지하지 못하고 단소소를
향해 음소를 뿌리는 소문주.

음탕한 눈길이 단소소를 향했고, 그리 안 해도 기분 나빠하던 단소소의 몸이 가늘게 떨렸다.

오늘 놈은 제대로 걸린 것이다.

"무릎을 꿇고 목숨을 빌어라! 그리하면 자애로운 소문주님이 목숨만은 살려줄 것이다. 흐흐흐. 그리고 계집은 오늘부로 죽은 셈쳐라."

기고만장이라는 말이 이럴 때 쓰는 말일 것이다.

내 신호를 기다리며 일촉즉발의 상태로 긴장하고 있는 인풍조원들이 실력을 알아보지 못하는 혈해사자의 음흉한 괴소.

이미 밥맛이 뚝 떨어진 인풍조원들은 극한의 인내를 보이고 있었다.

"쯧쯧, 이놈들이 관을 봐야 눈물을 흘릴 것 같구나. 혈 당주, 어서 처리하게. 배도 고프고 피곤하구나."

"존명!"

소문주의 명이 떨어졌다.

"흐흐흐. 네놈들, 오늘 다 뒈졌어."

나름대로 흑도 거대 방파의 당주라는 자의 입에서 시정잡배와 같은 말이 흘러나왔다.

"크크크."

"흐흐흐."

그와 동시에 혈포를 입은 열 명의 구유방 고수들이 도를 들고 다가왔다.

"멈춰라. 움직이면 너희는 죽는다."

젓가락으로 음식을 천천히 집으며 조용히 생사의 경고를 날렸다.

"뭐라고? 크크, 미천한 외단 놈들이 기고만장하는군. 우리가 누군 줄 알아? 복건의 구유방이야, 구유방!"

혈포를 입은 한 놈이 충성심을 보이고자 앞으로 한 발자국 내디디며 구유방이라는 이름을 들먹였다.

탁.

그리고 떨어지는 한 발자국.

쉬익—

동시에 허공을 가르는 작은 빛줄기.

퍽!

뼈를 부수고 무언가 비집고 들어가는 경쾌하면서도 묵직한 이중적 타격음.

쿵.

한 발자국을 옮기던 혈포 장한이 바닥으로 고꾸라져 나뒹굴었다. 그리고 잠시 오한이 든 것처럼 벌벌 몸을 떨더니 그대로 굳어버렸다.

뚫려 버린 앞 통수와 뒤통수로 허연 뇌수와 핏물을 쏟아내며.

"이, 이놈들이! 쳐라!"

"와아! 죽어라!"

동료의 죽음에 눈이 돌아간 구유방의 잡졸들.

흉측한 도를 치켜들며 인풍단원들을 향해 덮쳐들었다.

차자장!

"흥!"

"더러운 것들!"

구유방 놈들이 달려들자 무기를 빼어 들고 자리를 박차고 일어나는 인풍조원들.

"으아아!"

"뒈져!"

창! 창창!

어느새 작은 이층 주루 위에서 이십여 명이 뒤엉켜 난전이 펼쳐졌다.

과거와 확연히 달라진 인풍조원들이 매섭게 구유방 놈들을 몰아쳐 갔고, 요란한 소리만 지르던 구유방 놈들의 동작은 금세 허물어져갔다.

지난 몇 달간 삼재천변만화진을 통하여 실력과 함께 이심전심의 단계에 이른 인풍조원들의 합격 공세.

감히 어정쩡한 사파 놈들이 막아낼 수 없는 위력이었다.

촤아아악.

“크악!”

우당탕!

그리고 곧 결과가 나타났다.

인풍조원들의 검과 도에 하나둘씩 상처를 입고 일층 바닥으로 추락하는 구유방 놈들.

들리는 명성과 달리 그리 볼 만한 실력자들은 아니었다.

“고, 공격하라! 어서!”

사태가 불리해지자 방금 전까지의 오만한 모습은 사라지고 새파란 얼굴로 악을 쓰는 소문주.

“와아아아아! 정파 놈들을 쓸어버리자!”

일층에서 대기하고 있던 놈들이 소리를 지르며 계단과 신법을 펼쳐 이층으로 올라왔다.

퍽!

“켁!”

하지만 올라오는 족족 단말마의 비명을 지르며 튕겨져 나가는 구유방 놈들.

“막아라! 막아!”

상황이 불리해지자 악을 쓰며 슬금슬금 뒤로 몸을 빼는 소문주.

휙.

부하들이 몸으로 막아서는 틈을 타 일층으로 몸을 날렸다.
그리고는 뒤도 안 돌아보고 도망치려 하였다.

'후후.'

탁.

비웃음을 지으며 가볍게 몸을 박찼다.

와장창.

나무 창문을 박살 내며 도망을 가는 소문주.

그대로 검을 뽑이 달려갔다.

"멈추시오!"

막 박살난 창문을 통하여 소문주라는 자의 몸에 검을 쑤셔
박으려는 찰나, 강력한 사자후가 주루를 통째로 울렸다.

쉬이익―

펑!

그리고 소문주라는 자의 등판을 쑤셔가는 나의 일검을 막
아내는 강맹한 힘이 담긴 불장.

타닥.

내기를 끌어올리며 가볍게 몸을 움직였다.

"헛!"

내 표홀한 몸놀림에 놀란 가벼운 신음.

퍽!

촤아악.

“끄아아아악!”

도망치던 구유방 소문주의 뒤통수와 가랑이를 검이 가볍게 갈라 버렸다.

그리고 터지는 처절한 비명.

철푸덕.

“크헉!”

“아, 아미타불!”

비명의 진동이 컸던지 비명을 지르던 소문주의 몸이 정확히 양분되며 뜨거운 김과 함께 몸 안의 내용물들이 세상 밖으로 모습을 드러냈다.

잔혹한 죽음.

그러나 그 또한 죽음의 한 종류일 뿐이었다.

“살성의 출현이로다. 아미타불……. 극락왕생하소서.”

귓가에 들리는 나직한 불호.

고개를 돌렸다.

‘소림사.’

그러했다.

백팔무왕 도원 선사를 배출한 무림의 성지.

태산북두 소림사의 고승이 나직이 불호를 외우며 죽어 나자빠진 소문주라는 자의 명복을 빌어주고 있었다.

‘강력한 기운이다. 역시 소림인가.’

불호를 외우는 노승 뒤에 공손히 품자 형태로 서 있는 세 명의 젊은 승려.

서 있는 자세만으로도 강력한 힘이 느껴졌다.

차자장.

"으아아아! 도망가자!"

"사, 살귀들이다!"

와자장창창!

인풍조원들의 매서운 검 맛을 본 구유방 놈들이 주루의 창문을 부수며 사방으로 튀어갔다.

불에 놀란 벼룩처럼 정신없이 도망가는 놈들.

그 숫자가 열 명을 넘지 못했다.

"쳇! 소리만 요란한 놈들이군."

"썩을 놈들, 그러니까 뭐 하러 덤벼들어?"

구유방 잡졸들을 처리하고 밖으로 나오는 인풍조원들.

"엇! 도명 대사님!"

단소소가 노승을 아는지 도명 대사라 불렀다.

"단 시주, 이 무슨 일이란 말이오? 백주 대낮에 이리 처참한 살육이라니……."

피가 뚝뚝 흐르는 인풍조원들의 검과 온몸에 튄 핏방울을 바라보며 인상을 쓰는 도명.

"송구하옵니다. 갑자기 구유방 놈들이 무림맹과 저희를 업

신여기며 살수를 사용했습니다. 그래서 어쩔 수 없이……."

"갈! 어찌 살생에 대하여 변명하는 것이오. 단 시주가 이런 살육을 저지를 줄 알았다면, 그때 소승은 단 시주를 구하지 않았을 것이오."

진득한 피비린내가 주루 안에서 흘러나왔다.

그리고 인풍조원들 대부분이 피에 물든 모습이었고, 바닥에는 내가 죽인 소문주라는 자의 시체가 참혹하게 널브러져 있는 상황에 분노한 소림사의 고승.

불살생을 가장 큰 계로 여기는 불가에서 용납할 수 없는 중죄일 것이다.

"대사님, 말씀이 지나치십니다."

포권을 취하며 기다란 불장을 들고 사대천왕처럼 서 있는 노승을 향해 입을 열었다.

찌릿.

그 순간, 노승 뒤에 품자 형태로 서 있던 젊은 승려들이 불쾌한 기운을 뿌렸다.

"무엇이 지나치단 말인가. 시주의 눈에는 지금 벌어진 참극이 옳다 생각되는가? 보아하니 죽이지 않고도 능히 이들을 제압하여 제도를 할 수 있는 고수 같거늘……. 쯧쯧."

못마땅한지 내 위아래를 훑어보며 혀를 차는 노승.

그 모습에 살짝 입술이 치켜 올라갔다.

"전 제가 벌인 일을 후회하지 않습니다. 또한 대사의 가르침도 틀리지 않다고 생각하옵니다. 만약 나무라실 일이 있으시다면 저를 나무라 주십시오."

당당하게 거리낌 없는 내 마음을 표현했다.

"허어, 살성의 마음이로다. 어찌 사람이 사람을 죽였거늘 그 죄에 대하여 두려움이 없는 것인가. 아무리 검에 목숨을 건 무인이라 하여도 그 안에는 사람으로서 지켜야 할 도라는 것이 있는 것이네. 자네는 아직도 내 말뜻을 모르겠는가?"

답답한 듯 안타까운 눈빛으로 묻는 노승.

"알겠습니다. 그래서 더욱 모르겠습니다."

"그게 무슨 말인가? 알면 아는 것이지 모른다니. 지금 나와 말장난을 하고 싶은 것인가?"

참지 못하고 은은히 노기를 드러내는 도명.

"어서 잘못했다고 하세요. 저분은 불타불장이라고 불리는 소림사 계율원의 원주세요."

당황한 단소소의 전음이 들렸다.

"죄 없는 사람을 죽인다면 그 죄가 크다는 것은 알겠습니다. 그러나 제가 그 죄를 지었는지는 모르겠습니다. 전 방금 수많은 사람들을 죽이고, 앞으로도 죽일 괴물을 처치했을 뿐입니다. 부처님께서도 전생 중에 오백 명의 생명을 구하기 위하여 한 명의 악한 자를 죽이지 않았습니까. 저는 부처님에게

는 못 미치지만 제 양심과 무인으로서의 정의에 어긋나지 않
는 선택을 했을 뿐입니다."

부르르르.

부처님의 과거행을 꺼내자 몸을 부르르 떠는 도명.

파바박.

그의 소맷자락이 팽팽하게 부풀어 올랐다.

분노를 내기로 승화시킨 도명.

"어찌 일개 중생에 불과한 자가 부처님의 행을 논할 수 있
단 말인가. 참회하라! 그렇지 않으면 내 부처님의 제자로서
너의 죄를 물으리라!"

파바바밧!

도명뿐만 아니라 그 뒤에 있던 승려들의 몸에서도 살기 비
슷한 강력한 기운이 뿜어져 나왔다.

"후후후……."

그 모습에 나오는 것은 헛웃음뿐이었다.

"저는 지옥에 갈 준비가 되어 있습니다."

결코 소림사 고승 모두, 아니, 그 할아비가 와도 아닌 것은
아닌 것이었다.

죽어도 나는 나의 검을 들 것이었다.

"……."

갑자기 찾아온 어색한 침묵과 긴장감.

나를 돕지도 못하고 어정쩡하게 서 있는 인풍조원들의 안타까운 눈빛이 느껴졌다.

하지만 나는 아무 감정 없는 눈빛으로 도명의 분노에 떠는 눈동자만을 바라보았다.

"아미타불……."

그렇게 한참을 나를 노려보던 도명이 나직이 불호를 외우며 힘을 거두어들였다.

"부족한 내가 어찌 시주의 죄를 단죄할 수 있단 말인가. 저 죽은 이도 과거세에 시주와의 업 때문에 그러한 것을……. 시주의 이름이 무엇인가?"

어느새 감정을 다스린 도명.

"무림맹 외단 소속 인풍단 단주 화운룡이라 하옵니다."

정식으로 내 이름을 밝혔다.

"시주가 난주신검이라 불리는 화운룡 시주구려. 사형께서 특별하다 말하셨는데, 오늘 그 이유를 조금 알 것 같소이다."

'사형이라 하면 도원 대사를 말함인가.'

영웅단 비무대회가 끝날 무렵 자신을 찾아오라던 도원 대사.

그러나 비무대회가 끝이 나고 얼마 후 갑자기 소림사에 복귀했다는 소문을 들었다.

무림맹에 거주하는 소림 제자들의 수는 언제나 대여섯 명을 넘지 못하였지만 백팔무왕이라는 명호의 무게가 모든 것을 압도하고도 남았다.

그런 그가 급한 걸음으로 소림에 돌아갔다는 사실로 뭇 무림맹 사람들은 소림사를 손가락질하였다.

혼자서만 죄를 짓지 않고 고고하게 태산북두의 위명을 즐기기만 한다고 말이다.

그런데 갑자기 오늘 이곳에 소림사 승려들이 나타났다.

아마도 혈무궁이 보낸 비무장으로 인한 것 같았다.

"부끄러울 따름입니다."

"하지만 시주, 살생을 하기 전에 한 번쯤은 손속에 사정을 두기 바라오. 그 생명을 얻기 위하여 수많은 육도윤회를 하였을 고귀한 목숨이라오. 혹시라도 죽기 전에 참회할 수 있는데 시주의 검으로 인하여 죽임을 당한다면, 시주의 업장만 두텁게 되는 것이라오."

소림은 역시 소림이었다.

한마디 한마디 말에 진심이 담겨 있는 도명 대사의 충고.

가슴에 쩌릿하게 무언가가 느껴졌다.

"그리고 화산의 검 또한 소림에 못지않은 활검의 길. 부디 화산이 보여준 깊은 뜻을 다시 한 번 생각해 보시오. 아미타불."

불호를 외우며 고개를 숙이는 도명 대사.

그 모습에 저절로 고개가 숙여졌다.

'화산의 검. 활검의 길……. 그리고 깊은 뜻.'

도명의 말에 문뜩 떠오른 화산의 모습.

천년만년 대지 위에 굳게 서 있는 화산의 웅장한 바위가 마음에 그려졌다.

잊고자 해도 잊을 수 없는 화산의 뜻.

자광 신인은 말했었다.

화산의 검을 품은 제자는 그 순간부터 벗어날 수 없는 지독한 사랑에 빠진다 하였나.

그 이름하여 화산지애(華山之愛)…….

'아! 화산이여.'

가슴속에 이는 작은 파랑.

어느새 사랑하는 이를 애절히 그리는 눈물이 가슴속에서 흘러나왔다.

결코 잊을 수 없는 지독한 사랑의 힘을 다시 깨달으며.

"할아버지, 저분이 난주신검 화운룡이었군요."

"왜? 관심있느냐?"

"호호, 당연하죠. 이제 저도 시집갈 때가 되었잖아요."

피바다가 된 주루의 이층.

뭇 시체들 사이에서도 현묘자와 손녀는 차려진 음식을 마저 먹고 있었다.

그리고 사라져 가는 화운룡과 인풍조원들의 모습을 흥미로운 눈길로 바라보았다.

"대단한 젊은이더구나. 도명이라면 소림사에서 백팔무왕 다음으로 강한 장로로 알려져 있다. 그런 도명의 일장을 흘리고 구유문의 소문주라는 자를 베어버린 일격은 나도 흉내 낼 수 없을 정도로 깔끔하고 정확하였다."

"호오, 할아버지가 인정할 정도의 실력자라니. 더욱더 호감이 가는군요."

주근깨가 가득 핀 평범한 얼굴과는 어울리지 않는 맑은 지혜로 번뜩이는 눈동자를 소유한 여인 담소현.

멀어져 가는 화운룡의 뒷모습을 놓치지 않으려고 가득 두 눈에 담았다.

"하지만 조심해라. 저 나이에 저런 경지에 올랐다는 것은 상당한 평지풍파를 만나야만 가능한 것이다. 화운룡이라는 저놈, 독한 놈이다."

말을 꺼내며 현묘자는 도살자처럼 구유문의 소문주를 처단하던 화운룡의 손속을 생각해 보았다.

사파의 거마나 되어야 그리 쉽게 사람을 양단해서 죽일 수 있을 것이다.

한순간 일체의 사정없이 베어버리는 화 운룡의 손속.

결코 만만한 놈이 아니었다.

'그런데 방금 전까지 여기 있던 놈은 어디로 갔지? 허어, 젊은 놈들이 실력도 좋구나.'

화운룡에 신경 쓰느라 창가에 앉아 있던 허여멀건한 놈을 놓친 현묘자.

그자에게서 묘한 느낌을 받았었다.

결코 화운룡에 뒤떨어지지 않는 강자의 향기였다.

"이제 밥도 먹었겠다, 슬슬 움지여 보자꾸나. 사천평에서 재미있는 일이 벌어시겠구나. 끌끌."

"네! 할아버지."

현묘자의 말에 고개를 끄덕이는 담소현.

파바밧.

창문을 통해 신형을 날리는 두 사람.

딸그락.

그들이 떠난 자리에 은화 한 냥이 덩그러니 남아 있었다.

벌써 차갑게 식어가는 수십여 명의 시신들이 저승길을 건널 노잣돈으로 쓰기에는 한없이 부족한 돈.

그러나 아무도 서운하다 말할 수 없었다.

이곳은 무림.

목숨 따위는 검 한 자루 값밖에 못하는 곳이었기에.

“대단한 자였다.”

눈 하나 깜짝하지 않고 사람을 일도양단한 화운룡을 생각하는 병서생 같은 미남자.

인풍단과 함께 주루 이층에 있던 사내였다.

“나보다 어린 나이에 그런 경지에 오르다니……. 세상에 적은 대사형밖에 없다고 생각하였건만, 잘못된 생각이었다.”

머릿속에 그려지는 냉정한 화운룡의 수법을 기억해 내는 남자.

스스스.

마을을 벗어나 작은 언덕에 오른 사내가 멀어져 가는 인풍단의 뒷모습을 바라보는 사이, 낮도깨비 같은 검은 그림자들이 사내의 주변에서 솟아올랐다.

가공할 은신술이었다.

“상황은?”

사내의 짧은 물음.

“혈무궁에서 출발한 혈무단 고수 이백여 명과 그들을 호위할 혈무궁 고수 천여 명이 사천평에 올라 있습니다. 동시에 정파에서도 영웅단원 이백여 명과 그들을 호위할 무림맹 고수 칠백여 명이 동행하고 있습니다.”

“떨거지들은 얼마인가?”

“숨죽여 있던 사파 놈들의 대소문파 고수 만여 명이 사천 평 주변에 몰려 있고, 정파에서도 만여 명 정도가 비무를 구경하기 위해 몰려 있는 상황입니다.”

검은 장포를 걸치고 가슴팍에는 은실로 일월이 수놓아진 복면인의 입에서 사천평 주변에서 일어나는 상황이 줄줄이 흘러나왔다.

“준비는?”

다시 이어지는 사내의 짧은 물음.

“대외부 소속 이천여 명의 고수들이 대외총관님의 명을 기다리고 있습니다.”

망설임 없이 복면인의 입에서 이천 명의 고수가 준비되었다는 말이 나왔다.

“무언가 수상한 냄새가 난다. 하지만 우리는 위대한 신교의 제자들. 정파든 사파든, 걸리면 모조리 쓸어버려라!”

병약한 서생의 입에서 나오기 어려운 광오한 선언.

“존명!”

그 말에 오직 존명으로 대답하는 흑의 복면인이었다.

‘ㅎㅎ, 어리석은 놈들, 천하의 주인은 오직 신교뿐이다.’

사내는 사천평에 서너 개쯤의 음모가 숨어 있을 것이라 짐작하고 있었다.

신교 교주인 마황 구천마검의 둘째 제자인 혈마진검 구백동.

중원 정벌의 교두보 역할을 하고 있는 대외총관의 직위를 소유함과 동시에 사형인 옥마공자 염화류와 함께 신교 교주 자리를 놓고 암중혈투를 벌이는 야심가.

이번에 보여주리라 다짐하였다.

자잘한 음모 따윈 신경 쓰지 않은 채 신교의 무서움을 무림에 똑똑히 각인시킬 것이었다.

이제 얼마 후면 신교의 정예들이 중원을 침공할 것이다.

정과 사, 중원 무림 모두가 합심하여 덤벼들어도 단칼에 쓸어버릴 수 있는 신녀와 함께 오만 정예가 오만한 중원을 향하여 말이다.

그그그.

무림맹에는 한 번 들어가면 밖으로 나올 수 없는 지옥 같은 감옥이 있었다.

이름하여 천뢰옥.

지난 세월 수백 명의 마인들이 천뢰옥에 들어갔지만 살아서 나온 자는 손으로 꼽을 정도였다.

그것도 거의 죽음 직전에 자신의 죄를 참회하고 얻은 잠시만의 휴식.

그런 천뢰옥의 문이 지금 열리고 있었다.

"총군사님을 뵙습니다."

기관으로 작동하는 만년한철로 만든 천뢰옥의 문이 열리자 안에서 경비를 서던 무사들 십여 명이 나타난 무림맹 총군사 제갈담운에게 예를 올렸다.

"수고가 많소이다."

만면에 넉넉한 웃음을 짓는 신기자 제갈담운.

"아닙니다. 저희가 당연히 할 일입니다."

무림맹 무사들 중에서 신분이 확실한 자들로 천뢰옥의 경비를 맡겼다.

하지만 천뢰옥은 무림맹에서도 한직 중의 한직이었다.

언제나 뇌옥 안에서 근무해야 하는 환경은 그리 환영받을 만한 일자리가 아니었다.

그러나 제갈담운이 특별히 명하여 상당한 보수가 지급되었기에 천뢰옥의 경비를 담당하는 무사들은 별다른 불만이 없었다.

더욱이 가끔씩 손수 먹을 것을 챙겨와 노고를 위로해 주는 신기자의 넉넉한 배려는 경비 무사들의 자부심이었다.

"하하하. 여러분들이 있기에 천뢰옥은 언제나 안심입니다. 자, 여기 술과 음식들이 있으니 잠시 쉬었다 하십시오."

언제나처럼 커다란 광주리에 음식을 손수 들고 온 제갈

담운.

"총군사님의 은혜에 매번 감사합니다."

송구한 표정을 짓는 경비 무사들.

그러나 이미 입에는 침이 고여 있었다.

총군사가 준비한 음식과 술들이 일반 무사들은 꿈꿀 수 없는 고급 음식과 술이라는 것을 알고 있는 것이다.

"그럼 수고들 하시오. 난 기관을 점검하러 가겠소이다."

"충! 조심히 다녀오십시오."

언제나처럼 천뢰옥의 기관을 점검하러 안으로 들어가는 신기자 제갈담운.

천뢰옥과 무림맹의 모든 건물의 설계를 제갈세가에서 담당하고 있기에 당연한 일이었다.

"총군사님은 정말 인정도 많으신 분이야."

"인정뿐이겠어? 손수 지저분한 이곳 뇌옥까지 점검하실 정도로 꼼꼼하시고 열성적인 분이시지."

음식을 꺼내며 천뢰옥의 경비 무사들은 뇌옥 안으로 사라지는 신기자 제갈담운을 존경의 시선으로 바라보았다.

그도 그럴 것이, 한 달에 한 번씩 주기적으로 뇌옥을 점검하러 나타나는 신기자 제갈담운.

그가 나타난 이상 경비 무사들은 뇌옥에서 모두 나와 입구에서 대기하고 있어야 했다.

기관 점검을 하는 중에 뇌옥 안으로 들어서면 죽음에 이를 수 있다는 것을 잘 알기 때문이었다.

"오오! 오, 오향장육이 아닌가!"

"크으, 이것은 말로만 듣던 설향설주가 아닌가!"

제갈담운이 사라지고 음식을 풀어보는 무사들의 입에서 감탄이 흘러나왔다.

그리고 그들의 손은 바쁘게 술과 음식을 향해 뻗어갔다.

제갈담운이 어느 곳으로 사라지는지 일체의 관심을 거두고서 말이다.

저벅저벅.

천뢰옥의 특별 뇌옥을 점검하는 제갈담운.

이십여 년 동안 특별 뇌옥에 투옥된 자는 없었다.

그렇지만 꼼꼼히 기관을 점검하며 제갈담운은 벽을 짚어 나갔다.

그그그그.

그러던 어느 순간 갑자기 기관이 발동되며 벽이 갈라졌다.

저벅저벅.

놀라는 기색 하나 없이 침착하게 벽 사이 밑으로 난 암동을 향해 걸어가는 제갈담운.

그그그그.

그가 안으로 들어서자 다시 벽이 원위치로 돌아왔다.

앞으로 이각 동안 아무도 동굴 안으로 들어올 이가 없기에 제갈담운은 느긋하게 걸어 들어갔다.

그런 제갈담운의 손에는 희미한 빛을 발하는 야명주가 들려 있었다.

"으으으으……."

두꺼운 암벽 사이의 암동을 얼마쯤 걸어 들어갔을까.

사람의 신경을 묘하게 자극하는 신음이 들려왔다.

마치 입이 다 뭉개진 이들이 내는 소리처럼 어눌하기 그지없는 신음 소리.

끊길 듯하면서도 계속 이어졌고, 그 신음 소리를 확인하며 제갈담운은 입가에 미소를 지었다.

"아직 죽지 않았군. 흐흐흐."

무림맹 총군사의 모습과 어울리지 않는 음침한 미소를 짓는 제갈담운이었다.

그렇게 약 삼 장여를 더 깊이 들어갔다.

그리고 제갈담운의 눈앞에 나타난 한 광경.

"오랜만이오. 한 달 동안 잘 지냈소이까."

"제…… 갈담…… 운. 으으."

비파골이 가는 교룡사에 뚫려 이 장 높이의 쇠기둥에 묶인 채 손과 발에는 엄청난 무게의 쇠공이 묶여 있는 자.

바닥을 기고 있었다.

발밑까지 자란 봉두난발의 더러운 머리카락과 형체를 알아볼 수 없는 옷을 입고 있는 괴인.

번쩍.

눈이 빛났다. 제갈담운의 목소리가 들리자 고개를 번쩍 들고 싸늘한 눈빛을 보이는 괴인.

그 눈동자에 처절한 원한이 담겨 있었다.

"하하. 지난 십 년 동안 유일하게 찾아온 친구를 그런 눈으로 보지 마시오. 이제 우리가 만날 날도 얼마 남지 않았는네……."

콧속으로 파고드는 악취에 얼굴을 찡그리며 웃는 제갈담운.

무림에서 알려진 소문과 달리 잔인한 모습이 그대로 드러났다.

"죽일…… 놈."

불에 입이 데인 듯 입술이 뭉그러져 있는 괴인.

자세히 살펴보니 온몸에 크고 작은 상처가 나 있었고, 살점이 녹아 붙어 있었다.

그렇기에 번데기처럼 바닥을 기고 있는 괴인은 제갈담운을 죽일 듯이 노려보았다.

"이제 벽곡단도 저기 남아 있는 한 달치가 마지막이오. 더 이상 당신에게 알아낼 무공도 없거니와 나도 바빠질 것 같소. 하하하, 이제 거의 계획이 마무리되고 있단 말이오.”

괴인이 누워 있는 앞으로 작은 웅덩이가 괴어 있었고, 그 앞으로 벽곡단 단지가 보였다.

“하늘이…… . 널 용서치…… 않을 것이다…… .”

줄기차게 원한을 뿜어내는 괴인.

“하늘? 푸하하하! 정말 웃기지 않소. 사실 내가 벌이고 있는 이 일을 하늘이 알고 있다면, 아마 진작에 나를 벼락으로 내리쳐 죽였을 것이오. 내가 명을 내려 죽인 자들이 지난 세월 동안 천여 명이 넘고, 무림 각파에 침투한 세작들의 수가 수백 명이며, 당신같이 죽어가는 자들이 수십 명이오. 그런데 하늘은 그런 나를 벌하지 않소. 아니, 더욱더 내 일을 도와주고 있소이다.”

광기로 물들어가는 제갈담운의 회색빛 눈동자.

“아마 지금쯤 정파 놈들과 사파 놈들이 머리 터지게 싸우고 있을 것이고, 그 뒤를 무식한 신교 놈들이 노리고 있을 것이오. 하하하! 재미있지 않소. 그런 그들 뒤에 우리가 있는데, 놈들은 전혀 우리를 알지 못하니 말이오. 차라리 모르는 것이 나을 것이오. 당신도 만약 우리를 알지 못했다면 이 꼴을 당하지 않았을 것이니. 검황 유문혁 나으리. 크하하하하하!”

비밀 뇌옥이 떠나가라 사악한 광소를 터뜨리는 제갈담운.

그런데 그런 제갈담운의 모습보다 더 놀랄 일이 있었다.

검황 유문혁.

신교의 발호로 인하여 폭풍 앞의 등불처럼 위태롭던 무림을 한 자루 검을 들고 구한 정파의 영웅이자 대협객.

그런 그가 몸도 가누지 못하는 병신이 되어 바닥을 구르고 있었다.

한 자루 목검만 쥐어도 천하에 적수가 없는 검황이라고는 절대 믿을 수 없는 처참한 모습으로 말이다.

"더럽…… 고 사아한 자들……, 내 죽어서도…… 네놈들을 용서치…… 않으리라. 크윽."

피눈물을 흘리는 검황 유문혁.

하지만 부질없는 짓이라는 것을 알고 있었다.

대라신선이 와도 예전처럼 무공을 사용할 수 없을 뿐만 아니라 생명도 연장할 수 없다는 것을 말이다.

"이제 얼마 남지 않았소. 세상은 깨닫게 될 것이오. 무식하게 힘만 쓰거나 위선자들이 입만으로 다스리는 세상이 아닌, 진정한 지덕과 무력을 소유한 위대한 가문이 지배하는 세상이 얼마나 편하고 행복한지를 말이오. 움하하하하하!"

항상 마음속에 담고 있던 비밀들을 이 자리에서만큼은 유일하게 말할 수 있는 제갈담운.

이제 죽음의 수레바퀴는 멈추지 못할 것이다.

모든 것이 계획대로 착착 이루어져 갔고, 그 계획은 물경 수백 년의 시간 동안 다듬어진 완벽한 계획이었다.

"이제 그만 가보겠소. 당신의 뛰어난 무공으로 인하여 우리의 계획이 십 년은 앞당겨졌으니, 그 점은 감사하는 바이오. 그럼 잘 가시오."

아직 숨이 끊어지지 않은 검황 유문혁에게 고개를 살짝 숙여 감사함을 전한 후 저승길을 잘 가라 빌어주는 제갈담운의 사악함.

그런 제갈담운을 검황은 피눈물을 흘리며 바라볼 뿐이었다.

하늘이 무심치 않다면 언젠가 이 원한을 반드시 갚을 기회가 올 것이란 믿음을 아직 버리지 않았다.

저벅저벅.

검황 유문혁에게 마지막 통고를 하고 사라지는 제갈담운의 조용한 발자국 소리.

그그그그.

곧 기관이 작동되는 소리가 울렸고, 잠시 후 언제나처럼 짙은 어둠이 비밀 뇌옥 안을 뒤덮었다.

"으으으……."

그리고 흐르는 신음 소리.

원한 때문에 목숨을 끊지도 못하는 한 많은 육신의 슬픔.

나직한 노래가 되어 아무것도 없는 뇌옥에 흘렀다.

저승사자도 차마 그 슬픈 목소리에 생명을 거두어가지 못할 정도로 슬프디슬픈 신음 소리가…….

第五十五章 사천평에 부는 피바람

"와아아아아!"

"사파 놈들의 싹을 잘라라!"

"더러운 위선자 새끼들! 오늘 다 죽었어!"

오랜만에 당당히 세상에 모습을 드러낸 혈무궁을 비롯한 사파인들.

한쪽에 자리를 잡고 정파인들을 향해 살기 어린 야유를 퍼붓고 있었다.

그에 맞서 그동안 무림을 지배해 온 정파인들이 서슬 퍼런 눈동자로 악의 싹들을 노려보고 있었다.

자칫 무림혈사가 벌어질 수도 있는 상황.

하지만 그 어느 누구도 함부로 사천평의 중앙을 가로지르지 못했다.

오늘은 무림맹과 혈무궁의 이름으로 비무가 벌어지는 날.

아직은 때가 아니라는 것을 두 집단 모두 알고 있었다.

'제법 숫자가 많군.'

오늘은 사파인들의 축제와도 같았다.

사천평으로 올라오는 동안에 근 백여 구가 넘는 시체를 발견할 수 있었다.

사파인들과 정파인들이 골고루 섞여 있는 시체 더미.

그새를 못 참고 검을 휘둘러 저승으로 간 이들이었다.

"외단의 무사들은 혹시 모를 사파 놈들의 습격에 대비하여 퇴로를 확보해 주시오."

이미 비무를 치룰 영웅단원들과 무림맹 및 각 대문파의 고수들은 비무가 펼쳐질 중앙 앞자리에 자리 잡고 있었다.

그 뒤를 내단 소속 무림맹 고수 및 각파에서 파견한 일류급 고수들이 경계를 섰고, 그 뒤에 일반 무림인들이 자리를 잡았다.

"쳇, 비무 구경도 못하겠군."

"이럴 줄 알았으면 무림맹에 남아서 무공 수련이나 할 것을……."

무림맹의 총관부 인물이 외단 무사들 천여 명에게 후방 및 퇴로를 맡으라 하였다.

사천평의 특성상 올라가는 길목을 막아서면 빠져나갈 길은 천장단애의 절벽뿐이었다.

그렇기에 퇴로 및 후방을 확보하라 명하는 무림맹의 결정.

현명한 선택이었다.

"인풍단은 특별히 후방에서 수상한 자들이 없는지 살펴주시오."

다른 외단 무사들과 달리 특별 임무를 맡기는 엮소수염에 총관부 고수인 칠재방구 우량추리는 지기 명을 내렸다.

이에 나는 고개를 끄덕였다.

어차피 몇 년 동안은 무림맹에 몸을 담그고 있어야 할 상황.

굳이 문제를 일으키고 싶지 않았다.

그렇기에 투덜거리는 인풍단원들을 이끌고 후방으로 몸을 빼었다.

'저 여자도 왔군.'

몸을 돌리며 내공을 돋워 혈무궁 측을 바라보았다.

그리고 볼 수 있었다.

난주에서 청성 장로에게 낭패를 당할 뻔하였던 여인이 면사를 쓰고 있는 모습이 보였다.

'어제의 친구가 오늘의 적이라 했던가. 좌우지간 무림은 재미있는 곳이야.'

정파들 사이에서도 보이지 않는 적대감이 흐르듯 무림은 그렇게 얽히고설킨 인연들로 굴러갔다.

"그런데 사파 놈들이 너무 순수하지 않나요? 이 정도 인원이면 그놈들 성격상 다짜고짜 달려들고 볼 만도 한데 말이에요."

단소소의 전음이 들려왔다.

사실 나도 그 점이 계속 꺼림칙했다.

아무리 혈무궁이 안전을 보장했다 하지만, 사파 놈들은 위선자 정파인들과 같이 믿을 수 없는 존재였다.

"인풍조원들을 특별히 중턱 아래로부터 샅샅이 살핀다."

"오늘 아침에 점괘를 보았는데 난(難)과 파(波)가 뽑혔어요. 그 말은 오늘 복잡한 상황에서 무언가 엄청난 일이 벌어진다는 뜻이에요. 휴우, 점괘가 틀리기를 빌어야겠죠."

전음으로 점괘를 알려주는 단소소.

그녀가 말하지 않아도 사방에서 느껴지는 음침한 기운에 기분이 좋지는 않았다.

천지동화를 이루고 난 이후 느낄 수 있는 대자연의 흐름.

그 흐름 속에 이곳에 자리 잡은 인간들의 운명도 같이 흐름을 알 수 있었다.

‘아무리 그래도 물경 만 명이 넘는 정파 고수들이 있다. 그들을 단숨에 어찌하기에는 힘들 것이다.’

그뿐만 아니라 사파인들 또한 물경 만 명을 넘어서고 있었다.

어떤 음모를 짜기에는 덩치가 너무나 컸다.

휙휙.

인풍조원들과 함께 몸을 날려 산 아래로 내려갔다.

그래도 혹시 모를 음모가 있을 수 있기에 최선을 다해야 했다.

아무리 정파의 우두머리들이 악하다 하여도 그들을 따르는 순진한 양들 같은 순수 무인들이 더 많았다.

그들을 보호해야 할 의무가 현재 나에게는 있었다.

‘그런데 이 불안함의 정체는 무엇이란 말인가.’

몸을 날리는 와중에 점점 강하게 느껴지는 음울한 대자연의 기운.

쓴 입맛을 다시며 앞으로 내달렸다.

‘사부, 도대체 무슨 생각을 하시는 것인가요?

혈무궁을 이끌고 있는 수뇌부 중 한 명인 순찰사자 신분이자 혈황의 제자인 빙수독심 하수옥.

사부의 결정에 가슴이 답답하였다.

아무리 혈무궁이 무림일통을 꿈꾼다 하여도 이런 정면 승부는 어리석은 짓이었다.

지난 수십 년의 세월 동안 사파인들이 어둠 속에서 힘을 비축했다고 하지만, 정파 또한 놀고만 있지는 않았다.

아니, 상권의 도움을 받아 정파는 신교 발호 이전처럼 강성한 힘을 축적하였다.

그런데 혈황 궁천무극은 가장 나쁜 악수를 택하였다.

차라리 어둠 속에서 더 인내하며 요즘 들어 힘을 회복한 신교와 정파를 이간질시켜 충돌시킨 후, 그 뒤를 노리는 것이 가장 현명한 수였다.

아니면, 차라리 정파인들의 뒤통수를 세게 내려치는 차선의 방책도 있었다.

그러나 혈천귀뇌와의 독대 뒤에 바로 명을 내렸다.

아직 완벽하게 성취를 이루지 못한 혈무단의 기재와 무림맹 영웅단원들과의 비무.

또한 그 비무를 기점으로 혈황첩을 돌려 어둠 속에서 비축할 힘인 사파인들을 세상 밖으로 끌어내었다.

그 상황을 도저히 이해할 수 없는 하수옥.

"저 새끼들 살점을 씹어 먹을 것이야!"

"흐흐흐. 이제 우리 사파도 당당히 정파 놈들과 맞설 수 있다. 우리에게는 혈황이 계시니까 말이야!"

하지만 단순한 대부분의 사파인들은 하수옥의 귓가에 들리는 말처럼 지금의 상황을 환영하고 있었다.

지난 수십 년의 세월을 어둠 속에서 살아온 이들이었기에 이렇게 세상 밖으로 당당히 나올 수 있다는 것만으로도 감격하고 있었다.

'휴우. 수옥아, 무슨 생각을 하는 것이야?

안마를 핑계로 하수옥을 더듬던 혈황은 그날 이후로 예전의 혈황으로 돌아왔다.

비록 하수옥이 순찰사자라는 신분 때문에 맹에 머무는 날이 드물있지만 의심이 가는 행동은 없이 보였다.

그렇기에 일단 의심을 거둔 그녀였다.

그녀가 아니더라도 혈황을 보필하는 다른 오대가문의 수장들과 혈천귀뇌가 먼저 눈치를 챌 것이다. 하지만 그들도 가만히 있는 상황에서 하수옥은 더 이상 의심할 수가 없었다.

'쳇, 그런데 그자는 어디 있는 것이야. 난주신검이라 불리며 제법 정파에서 명성을 떨치고 있던데.'

난주에서 청성의 유명 진인에게서 목숨을 구해준 화운룡.

은밀히 화운룡의 뒷조사를 하고 있던 하수옥은 은근히 그를 기다렸다.

정보에 의하면 화운룡도 오늘 이곳에 나타난다고 하였다.

"종 방주님, 잠시 순찰을 돌고 오겠습니다. 아무래도 정파 놈들이 수상합니다.”

혈황 궁천무극이 오지 않았기에 오늘 비무대회를 주관하고 있는 혈무궁 오대가문 중 하나인 혈해방.

혈해방 방주 사광무절 종염극은 하수옥의 말에 고개를 끄덕였다.

“순찰사자께서 수고해 주신다면 저야 좋소이다. 부탁하오.”

칠 척이 조금 못 미치는 장신인 혈해방 방주인 종염극.

한 자루 대부혈도를 들고 펼치는 혈염무광도법은 사파의 일절로 꼽혔고, 강직한 성품과 혈무궁에 대한 충절은 사파인들 모두 알고 있었다.

그렇기에 하수옥도 어느 정도 안심할 수 있었다.

사실 요즘 같은 때의 사부보다 종염극이 더 믿음직스러웠다.

“그럼 부탁드리겠습니다.”

하수옥은 고개를 숙이며 자리에서 몸을 빼내었다.

그 와중에도 단상에 앉아 있는 사파 우두머리라는 놈들의 음탕한 눈길이 느껴졌지만 한두 해 겪는 일이 아니었기에 무심히 자리에서 벗어났다.

다만, 이들을 믿고 무림일통을 할 수 있을지 잠시 의문을 가질 뿐이었다.

스스스스스.

사천평의 넓은 분지에서 벌어지는 비무대회.

그 비무대회가 벌어지는 사천평의 분지는 무이산 산맥으로 연결된 제법 험준한 산의 정상이었다.

그런 산 정상 아래의 나뭇가지들이 사그락거리며 움직였다.

탁, 타닥.

손짓으로 수화를 펼쳐 천라지망을 펼쳐 가는 인영들.

초록이 물들어가는 가느다란 나뭇가지를 가볍게 밟고 신법을 펼칠 수 있는 고수들이었다.

파바박!

그뿐만 아니었다.

그들은 곳곳에 은밀히 무언가를 묻기 시작했다.

주먹만 한 검은 쇠구슬 수백여 개를 곳곳에 조심히 묻어가는 청록색 경장을 걸친 인물들.

수상하기 그지없는 자들이었다.

"제길, 이런 날에도 여기까지 와서 경비를 서야 하다니! 이래서 언제 일류고수가 될 수 있단 말인가."

"예끼, 이 사람아. 일류고수라니? 적당히 이렇게 편한 곳에서 경비를 서다가 돈 좀 마련하면 고향으로 내려가야지. 우리 같은 삼류무인은 그것이 제격이야.”

몇 명의 무림맹 외단 소속 인물들이 신법을 펼치며 순찰을 돌았다.

삼류무사들이었기에 자신들의 머리 위에서 박쥐처럼 서 있는 수상한 자들을 발견하지 못한 무림맹 외단 소속 무사들.

쉭.

그렇게 외단 무사들이 잡담을 하며 지나가려는 순간, 갑자기 나무 위에서 새처럼 내려앉는 복면의 고수들.

퍽.

“컥…….”

그대로 정수리에 깊숙이 꽂힌, 독이 파랗게 묻은 비수.

단말마의 비명도 제대로 지르지 못한 채 다섯 명의 무림맹 무사는 숨을 거두었다.

파스스스.

그리고 순식간에 강력한 독에 녹아내리는 다섯 구의 시신.

차자작.

육신이 녹아내리자 그들이 남긴 유품들을 재빨리 흙속에 파묻어 버리는 신비인들.

짧은 순간에 살인을 마친 그들은 아무 일도 없다는 듯이 주변에 다시 무언가를 묻기 시작했다.

“와아아아아! 비무대회를 시작하라!”

"어서 시작하시오! 사파 놈들의 코를 납작하게 만들어줍시다!"

바람결을 타고 신비인들의 귓가에 들리는 무림인들의 함성.

씨익.

그 순간 눈이 마주친 복면인들은 서로를 향해 웃음을 지었다.

멍청하기 그지없는 놈들이 언제 죽을지 모르고 날뛰는 모습이 한심하다는 눈빛이었다.

파바밧!

하지만 그것도 잠시, 몸을 날려 바삐 움직이는 숲의 그림자 같은 자들.

그 숫자가 물경 수백을 넘어서고 있었다.

"움하하하! 난 혈해방주 종염극이라고 한다. 무림맹 대표는 앞으로 나오라!"

쉬이익.

거대한 덩치를 자랑하는 혈해방주 종염극.

꿈틀거리며 하늘로 승천하는 혈룡이 수놓아진 금포를 걸치고 정파와 사파인들 중앙에 위치한 비무장에 나타났다.

"사광무절 종염극이군."

“아직도 저리 정정하다니…….”

종염극이 나타나자 정파 수뇌부들은 인상을 굳혔다.

혈해방은 혈무궁을 이루고 있는 다섯 가문 중 가장 상대하기 까다로운 고수들이 포진한 방파.

정파에 소림이 있다면 사파에는 혈해방이 있다고 할 정도로 혈해방은 무림에 위명을 떨쳤다.

“벌써 겁을 집어먹은 것이더냐? 어서 나오라! 움하하하!”

총군사 신기자가 없는 상황에서 딱히 정파의 대표가 정해져 있지 않았다.

구대문파와 오대세가를 비롯한 뭇 정파의 문파에서 정예들을 파견했지만 선뜻 정파의 대표로 나설 수 있는 문파는 없었다.

그러나 찾아보면 없는 것도 아니었다.

정파 수뇌부들과 무림인들의 시선이 마련된 단상 한쪽에 앉아 있는 소림사 고승인 도명 대사에게로 향하였다.

백팔무왕 도원을 대신하여 참석한 불타불장 도명.

충분히 정파를 대표할 수 있는 위치였다.

“나무아미타불…….”

사람들의 시선에 불호를 외우며 자리에서 일어나는 도명.

언제나 온화하게 미소 짓고 있는 노승의 얼굴이 살짝 굳어져 있었다.

만약 조그만 꼬투리라도 사파 놈들에게 잡히는 순간, 이곳이 무림대전의 혈전장으로 바뀔 것은 자명한 일이었다.

하지만 다른 이들처럼 물러설 수 없었다.

아무리 구파일방의 성세가 과거만 못하더라도 소림은 소림이었다.

휙.

좌중을 향해 고개를 살짝 숙여 겸손을 보인 노승.

가볍게 땅을 박차 비무장으로 몸을 날렸다.

"오오! 불영선하보다!"

"역시 소림이다!"

몸을 날려 나아가는 모습이 꼭 부처의 장엄한 행보와 같다고 하여 붙여진 불영선하보.

단 한 수의 수법으로 뭇 정파인들에게 자신감을 불어넣어 주었다.

그것이 바로 수천 년 무림을 보호해 온 소림사의 무게였다.

"소승은 소림의 도명이라 하오."

적을 향해서도 고개를 숙여 예를 표하는 도명.

"도명 대사였구려. 혈해방주 종염극이외다."

방금 전까지 뭇 정파인들을 향해 비웃음을 날리던 모습은 사라지고 경외의 표정을 짓는 종염극.

그도 불타불장의 명호는 익히 알고 있었다.

'제길, 백팔무왕 도원이 없어 안심했더니 다른 호랑이가 나타났군.'

오늘 사파가 수십 년 만에 정식으로 무림에 도전장을 내미는 자리였지만 그리 넉넉한 전력은 아니었다.

혈황이 명하기를, 오늘은 대규모 혈사는 일으키지 말고 혈무단의 위명만 높이다 돌아오라고 하였다.

그렇기에 혈무궁의 정예들 중 이곳에 참석한 자는 사분의 일도 안 되는 상황이었다.

그런데 정파는 여기저기서 제법 굵직한 인물들이 포진해 있었다.

대가리 수에서는 모자람이 없지만 고수는 사파 쪽이 훨씬 부족했다.

"종 방주의 위명은 익히 들어서 알고 있습니다. 아미타불."

다시 한 번 불호를 외우는 도명.

그 모습에 종염극도 다시 포권을 쥐어야 했다.

"큼큼, 단도직입적으로 말씀드리겠소이다. 오늘은 우리 사파와 혈무궁이 본격적으로 무림 활동을 선언하는 역사적인 순간. 짧고 굵게 혈무궁을 대표하는 혈무단과 정파를 대표하는 영웅단의 비무로 승부를 봅시다."

헛기침을 하며 자신의 의견을 전하는 종염극.

종염극의 말에 도명은 미소를 지으며 고개를 끄덕였다.

정파에서도 바라는 바였다.

"비무 방식은 삼전 이선승제의 방법을 취했으면 하오."

"삼전 이선승제란 무엇인지……."

도명이 궁금한 듯 물었다.

아니, 모든 이들도 궁금한 비무 방식이었다.

"어차피 일 대 일 비무를 펼치면 시간만 아까우니 딱 세 판만 하는 것이오. 먼저 평범한 성취를 보이는 백 명의 기재들이 펼치는 합격진으로 승부를 보고, 두 번째 판은 다시 열 명의 기재들을 뽑아 단체선을 치러 마지막까지 남는 쪽이 이기는 것으로 하는 것이오. 그렇게도 승부가 나지 않으면, 마지막으로 가장 뛰어난 성취를 보이는 자를 내보내 결판을 짓는 것이오."

큼직한 덩치처럼 우렁차게 사방을 향해 외치는 종염극의 제안.

도명은 그의 제안에 잠시 생각을 하는 듯하더니 이내 고개를 끄덕였다.

어차피 영웅단에 불리하지 않은 제안.

거부할 이유가 없었다.

"알겠소이다. 그러나 한 가지 부탁할 것이 있습니다, 종 방주."

“무엇이외까?”

도명이 비무 방식을 승낙하며 한 가지 부탁을 해오자 의문스러운 눈으로 바라보는 종염극.

“어차피 혈무단이나 영웅단이나 장차 이 무림의 중심이 될 기재들. 서로 지나친 피는 아니 보았으면 합니다.”

소림사 고승다운 부탁이었다.

‘아니, 그럼 뭐 하러 비무를 하나?’

도명의 제안에 입맛을 다시는 종염극.

“최대한 노력해 보겠소이다. 그러나 기대는 하지 마시오. 검에는 눈이 없으니…….”

어정쩡하게 대답하는 종염극.

그 말에 도명은 빙그레 미소를 지으며 불호를 외웠다.

“나무아미타불 관세음보살.”

“그럼.”

불호가 귀에 들리자 불편한 종염극이 고개를 살짝 숙이고 몸을 날렸다.

그렇게 종염극이 사라지자 도명도 정파 쪽으로 몸을 날렸다.

“와아아아! 비무가 시작된다!”

비무 방식이 정해지자 사파와 정파를 떠나 환호성을 터뜨리는 수만의 무림인들.

그들이 만들어낸 함성으로 인해 사천평이 들썩였다.

"와아아아아……!"

귓가에 들리는 무림인들의 함성.

비무가 시작된 것 같았다.

타다닷.

하지만 비무와는 상관이 없이 주변에서 수상한 기운이 느껴시는 상황.

신중하게 신법을 펼쳐 사천평 주변을 훑어 내려갔다.

'산새늘과 풀벌레 소리가 들리지 않는다. 아무리 사천평에 수만 무림인들이 모여 있다고 하더라도 이 정도로 조용할 수는 없다.'

사천평 분지 아래로는 험준한 산세가 이루어져 있다.

그렇기에 풀벌레를 비롯한 각종 산짐승들이 제법 있을 것이건만, 너무나 조용하였다.

"너무나 조용해요. 그리고 무림맹 외단 무사들의 모습이 보이지 않아요. 적어도 이 금방에 수십 명은 있어야 하는데……."

당소소의 걱정스러운 전음이 들렸다.

뚜둑.

'이것은!'

단소소의 전음이 끝나자마자 들리는 작은 소음.

우뚝.

손을 들어 인풍단원들을 멈추게 했다.

'이미 천라지망이 펼쳐져 있다. 나도 모르게 놈들이 사방에서 다가오고 있다. 마치 거미줄에 걸린 먹이를 노리는 거미처럼.'

그리고 떠오르는 악몽 하나.

삼 년 전, 아연을 떠나보낼 때도 이러했다.

이미 쳐 놓은 거미줄에 걸리기를 기다렸던 치밀한 자들.

그들의 냄새가 강하게 풍겼다.

"무슨?"

스릉.

단소소가 말을 꺼내는 순간 대답은 검이 하였다.

"적이다. 우리는 이미 포위당했다."

"헉!"

차자장.

대답에 놀란 인풍조원들.

어느새 그들의 손에 무기가 뽑아져 있었다.

스르륵.

그리고 보였다.

짙은 숲의 음영 사이로 모습을 드러내는 자들.

어느새 사방이 그들의 그림자로 뒤덮여져 있었다.

"아무도 없느냐!"

혈무궁의 순찰사자 하수옥.

사천평을 벗어나 직속 부하들이 수호하는 산 밑으로 내려왔다.

하지만 중턱 부근에 이를 때까지 마주친 수하가 한 명도 없었나.

땅으로 증발해 버린 듯 일체의 흔적도 없이 사라진 수하들.

순찰사자부 소속 일류고수들 백여 명이 그렇게 사라진 것이다.

'싸움의 흔적도 없다. 게다가 죽지 않은 이상 내 명을 거역할 부하들이 아니다. 그런데 이 상황은……'

엄습하는 불안감에 조심스럽게 사방을 살피는 하수옥.

'바, 바뀌었다. 곳곳에 사람의 흔적이 있다.'

아주 미세하게 부러진 나뭇가지를 비롯하여 살포시 패인 지상의 흙들.

다른 이들이 보았다면 산짐승들의 흔적이라 짐작하겠지만, 하수옥은 혈황 궁천무극의 제자이자 순찰사자의 직위를 가진 여인

단 한 가지도 허투로 보지 않았다.

'서, 설마 이 모든 것이 계획된 음모?'

갑자기 머리를 번뜩 스쳐 가는 생각 하나.

누군가 오늘의 비무대회를 노리고 음모를 펼쳤을 것이라는 생각이 들었다.

하지만 어느 누가 수만 명의 무림인들을 노리고 일을 펼칠 수 있단 말인가.

하수옥은 고개를 저었다.

혈무궁이라 해도 불가능한 일이었다.

찌릿.

'헛!'

하지만 생각을 마치고 막 발걸음을 옮기려는 순간 싸늘하게 느껴지는 살기 하나.

스스슥.

거짓말처럼 아무것도 없는 나무와 숲 속에서 그림자들이 나타났다.

창!

검을 뽑아 드는 하수옥.

"너희들은 누구냐!"

누군가 듣기를 원하며 내공을 돋워 힘차게 소리쳤다.

하지만 고요한 숲 속에 갇힌 하수옥의 목소리는 이내 정막에 묻혀 버렸다.

‘음모다! 이건 엄청난 음모야!’

그리고 드는 확실한 생각 하나.

그러나 하수옥은 몸을 움직일 수 없었다.

어느새 끈끈한 살기가 그녀의 온몸을 사방에서 옥죄고 있었다.

“개진하라!”

쿠궁.

백 명의 영웅단 기재들이 펼치는 삼재천변만환진.

개진의 명과 함께 각자의 내공이 합쳐지자 엄청난 굉음이 울렸다.

개진과 동시에 삼재천변만환진은 백 명의 내공을 담은 거대한 한 덩어리가 된 것이다.

“호호. 개진하라!”

이에 맞서는 혈무단 기재들의 진법.

혈류무상파혼진이라는 이름으로 혈무궁의 두뇌인 혈천귀뇌가 창안한 진법.

파스스스스.

개진과 동시에 혈무단 기재들이 뿜어내는 사기와 혈기가 진에 휘몰아치며 거대한 핏빛 기류를 만들어내었다.

“죽여라! 모두 부숴 버려라!”

"혈무단 기재들이여, 너희들만 믿는다!"

서로를 죽이지 못해 안달이 난 정파와 사파 두 무리들.

영웅단과 혈무단을 향해 자신들의 살기를 투영시켰다.

"천지풍운!"

영웅단 천풍조 소속 제갈세가 단원의 입에서 진의 발동을 알렸다.

"혈무천령!"

그에 맞서 혈무단도 힘차게 진을 발동시켰고, 수천 평 대지 위에 자리 잡은 비무장에서 두 진법이 충돌해 갔다.

콰지지지직!

퍼버버벙!

"크윽!"

원형의 방진 형태인 삼재천변만환진에 쐐기꼴 형태인 혈류무상파혼진이 맹렬히 부딪쳐 갔다.

그리고 울리는 거대한 폭음.

진과 진에 응축된 백 인의 내공이 서로를 향해 비수를 날렸고, 그 진을 운용하는 기재들은 이를 악물고 자신의 방위에서 느껴지는 압력과 공격을 받아내야 했다.

자신이 무너지면 진이 무너진다는 각오로 이를 악물며 진과 하나가 된 두 집단.

콰과과과과과광!

쉬리리리리리릭—

하늘이 놀라고 땅이 놀랄 엄청난 굉음과 진기의 폭풍을 만들어내었다.

"……."

그리고 그 광경에 숨을 죽인 사파와 정파의 무인들.

평생 한 번 볼까 말까 한 진과 진의 대결에 마른침을 삼켰다.

수십 년 만에 벌어진 정파와 사파의 무림혈전.

오늘의 승부로 다시 빛과 어둠이 갈릴 것이라는 것을 두 집단 보두 알고 있었다.

"대, 대단하다! 사파 놈들이 어느새 저렇게……."

"으드득. 아직도 정파 놈들이 저리 강하다니……!"

진법 대결을 바라보는 사파와 정파인들의 가슴은 서로를 향한 살기에 서늘해졌다.

그동안 비축한 힘이라면 능히 상대를 압도하고도 남을 수 있을 것이라 생각했건만, 두 집단 모두 서로를 과소평가하고 있었던 것이다.

차자자장.

"크아악!"

콰지지지직.

그런 상황에서 치열함을 더해가는 영웅단과 혈무단 두 집단의 혈전.

　한 치 앞을 볼 수 없는 강력한 먼지 속에서 비명이 하나둘씩 들려왔다.

　아무리 강력한 두 집단이라 하더라도 어느 한쪽이 부족하여 먼저 쓰러지는 것은 당연한 이치였다.

第五十六章 음모와 음모

쉬익―

퍽!

"크악!"

"습, 습격이다!"

사천평을 향해 서서히 포위망을 만들며 올라가던 신교 외단 소속의 고수들.

예상치 못한 공격에 비명을 지르며 쓰러졌다.

"유하하! 어서 오너라, 신교 놈들아! 너희들이 올라올 줄 다 알고 있었다!"

'아니, 이미 알고 있었단 말인가!'

사천평에서 요란하게 울리는 굉음에 산 밑자락에서 대기하고 있던 신교 고수들이 몸을 날렸다.

사파와 정파 세력들 속에 신교의 간세가 숨어 있었다.

그런 그들의 임무는 비무가 격해지면 서로를 향해 격발하여 두 집단 간에 혈투를 조장하는 것.

그런데 그런 신교의 속셈을 알기라도 하듯이 백의를 걸친, 무림맹 고수로 보이는 자들이 비웃음을 던졌다.

그 상황에 입술을 깨무는 대외총사 혈마진검 구백동.

들은 정보에 의하면 혈황과 백팔무왕이 이곳에 나타나지 않았다고 하였다.

한번 해볼 만한 상황.

만약 여기서 정파와 혈무궁 놈들을 쓸어버리면 차기 교주 선발에 유리한 위치를 차지할 수 있었다.

"아니, 언제부터 신교가 이리 쥐새끼가 되었나. 힘이 법이라더니, 이제는 암습이 법이 되었던가!"

"하하, 그러게 말이야. 신교도 이제 볼 장 다 봤군."

나타난 백여 명의 백의를 걸친 놈들이 신교의 이름에 먹칠을 하였다.

"이놈들이!"

그들의 모습에 이를 깨무는 혈마진검 구백동.

하룻강아지 범 무서운 줄 모른다더니 딱 그 짝이었다.

"정정당당하게 한판 붙자. 자신있으면 따라와 봐라."

"그래! 사천평에 이미 너희들을 위한 관을 준비해 두었으니 알아서 챙겨가라!"

도를 넘는 도발.

천하의 신교가 이리 무시당하는 것은 오늘 처음 있는 일이었다.

"쫓아라! 단 한 놈도 살려두지 마라!"

이에 드디어 떨어지는 신교 대외총사 구백동의 명령.

삐이이익—

공격하라는 말과 함께 호적음이 길게 울렸다.

'이놈들! 모조리 죽여주리라!'

아무리 사천평에 이만 명의 무림인들이 있다 하지만 두렵지 않았다.

여기 모인 이천 명의 신교 고수들은 모두 대외총사 소속의 일류고수들.

어중이떠중이 무림인들과는 차원이 달랐다.

'흐흐. 오늘 신교의 무서움을 뼈저리게 느끼게 해주마.'

아무리 적이 준비하고 기다린다 하더라도 전혀 두렵지 않은 구백동.

그는 믿고 있었다.

천하에서 신교의 힘을 막아설 수 있는 이들이 몇몇 되지 않는다는 것을 말이다.

"크하하하하하!"
손에 들린 서찰을 쥐고 광소를 터뜨리는 혈천귀뇌.
사천평의 음모는 이미 오 년 전에 수립된 계획이었다.
그런 계획이 착착 진행되어 성과가 나타나자 속이 후련해지는 성취감을 맛보았다.
"이제 정파 놈들과 사파 놈들이 맞붙어 한바탕 혈전을 벌이고, 그 뒤에 신교 대외총부 소속 놈들이 들이닥친다. 그리하면 놀란 정파와 사파는 신교의 파상적인 공격을 막아내기 위하여 힘을 합칠 것이고……. 그때! 내가 준비한 커다란 선물에 배가 터져 죽을 것이다. 푸하하하! 물론 이 모든 일은 다 신교에서 꾸민 일이 되고 말이다."
사천평이 그리 멀지 않은 어느 산의 정상.
혈천귀뇌는 광소를 터뜨렸다.
자신이 속한 혈무궁 사파인들에 대해서도 놈이라 서슴없이 논하는 혈천귀뇌.
그의 쥐를 닮은 작은 눈에서 혈광이 번뜩였다.
"이제 멈출 수 없다. 우리 가문의 대계는 곧 화려하게 폭발할 것이고, 천하무림은 우리 가문의 손에 들어올 것이다. 나와 형님들, 아버님. 그리고 오늘을 위하여 숨죽여 살았던 수백 열성조님들의 뜻에 의해서 말이다. 음하하하하!"

홀로 알 수 없는 말을 지껄이는 혈천귀뇌.

하지만 한 가지는 알 수 있었다.

지금 사천평에서 벌어지고 있는 이 모든 일들이 혈천귀뇌와 그의 형들과 아버지. 그리고 그의 가문에서 획책한 일이라는 것을.

쉬리리리리링.

허공을 갈리오는 아주 미세한 소음.

"암기다!"

사방을 포위한 놈들이 직접 공격할 줄 알았건만 갑자기 세침이 사방에서 날아왔다.

탓.

자리를 박찼다.

나에게 소용없는 암기지만 아직 개개인의 무공이 떨어지는 인풍조원들.

"타앗!"

기합을 가볍게 지르며 검을 날렸다.

차라라라라랑.

나의 의지와 내기를 머금은 철검.

푸른 막에 휩싸이며 허공을 엄청난 속도로 회전하였다.

따다다당!

그리고 들려오는 암기 부딪치는 소음.

"이, 이기어검!"

"오오! 세상에!"

죽을 위기에서도 놀라 터뜨리는 인풍조원들의 탄성.

"진법을 발동하시오!"

"네!"

단소소에게 명을 내렸다.

착.

암기를 모두 날려 버리고 손에 돌아온 검.

'그때 그놈들이 아니다.'

그리고 알 수 있었다.

신교 놈들과 비슷한 진법이었지만 그 기세가 달랐다.

아연과 함께 맞닥뜨렸던 놈들은 앞을 막아서는 모든 것을 박살 내는 엄중한 마기의 느낌이었다면, 지금 사방을 포위한 자들에게서는 그런 마기보다 음침한 사기가 느껴졌다.

"누구냐!"

암기를 모두 날려 버리자 당황한 듯한 취록색 경장과 복면을 걸친 놈들.

대답이 없었다.

“호호호. 죽어라. 그러면 염라대왕이 알려줄 것이다.”

말이 필요없는 상황.

이기어검의 신기를 보고서도 놈들은 물러서지 않았다.

좌아아악.

아니, 사방에서 수십 명의 복면인들이 나타나 새파란 독검을 휘둘러 왔다.

‘그놈들이다!’

그리고 확연히 알 수 있었다.

독특한 기운과 손에 들린 똑같은 독검.

지금 나타난 놈들이 난주에서 운룡 상단을 노리던 그놈들이라는 것을 말이다.

“끄아아악!”

퍼버벙!

“와아아! 영웅단 기재들이 이겼다!”

“크크크. 가서 엄마 젖이나 더 먹고 와라, 이 사파 놈들아!”

처절한 비명이 울리는 것으로 두 집단 간의 진법전이 끝났다.

영웅단이 펼친 삼재천변만환진이 혈무단이 펼쳤던 혈류무상파혼진보다 한 수 위였던 것이다.

그러자 정파 무림인들 쪽에서 야유와 함께 사파인들을 자극하는 언사들이 튀어나왔다.

"이 개새끼들아! 피를 보지 말자고 하더니 이게 무슨 짓거리냐!"

"더러운 위선자들! 네놈들이 그럴 줄 알았다."

"우우우우우! 사라져라! 이 더러운 놈들아!"

이에 맞서서 사파 무림인들 속에서 사파인들을 자극하는 단어들이 튀어나왔다.

진법이 깨지면서 수십여 명의 사파 기재들이 피를 흘리며 바닥에 나뒹굴고 있었다.

"뭐라고! 정당한 대결을 보고도 그런 말이더냐! 이 개만도 못한 놈들아! 네놈들이 그러고도 무인이냐!"

"꺼져라! 무림은 너희 같은 악의 종자들을 원하지 않는다!"

"가서 지옥이나 구경해라! 이 잡놈들아!"

지지 않고 정파 무림인들 사이에서 격한 목소리가 흘러나왔다.

"뭐! 이 새끼들아! 한번 해보자는 것이더냐!"

"그래, 오늘 너 죽고 나 죽자. 이 씨팔, 더러워서 못 참겠다!"

"오늘 위대한 사파인들의 힘을 보여줍시다! 저놈들을 깡그리 죽이고 혈무궁의 세상을 열어봅시다!"

"옳소! 힘으로 저 오만한 새끼들의 배때기를 갈라 버립시다!"

"와아아아아아! 죽여라!"

걷잡을 수 없다는 표현은 이런 때 사용되는 것처럼 순식간에 뜨거운 기운으로 가득 찬 사천평.

아무리 혈황이 명으로 오늘은 비무대회만을 치르라 하였지만, 사파인들은 가만히 있지 않았다.

더욱이 지난 세월 정파의 그늘에 가려 제대로 움직여 보지도 못한 사파인들.

침았던 분노가 봇물 터지듯 터져 나왔다.

"사파 놈들이 우리를 죽이려 한다!"

"오늘 새로운 무림정의를 세우자!"

"정파인의 힘을 보여줍시다!"

"와아아아! 죽여라! 사파 놈들의 씨를 말려 무림정의를 세우자!"

사파인들이 무기를 빼어 들고 당장이라도 달려들 듯 자세를 잡자 정파인들 사이에서도 살기가 무섭게 일어났다.

견원지간인 두 집단이 온전히 넘어간다는 것이 처음부터 말이 안 되었던 것이다.

"이, 이게 무슨 일이오?"

"아니, 이리 되면……."

정파 무림인들이 들끓고 일어나자 무림맹 수뇌부와 대문파의 파견 고수들은 정신이 없었다.

들불처럼 사방에서 번져 나오는 살기들.

"말려야 하오! 이러다 대규모 혈전이라도 일어난다면……."

쉬이이익.

"헉!"

소림사 도명 대사가 말려야 한다고 소리칠 때, 갑자기 사파 진형에서 두툼한 창이 백 장의 거리를 넘어 날아 들어왔다.

퍽!

"끄아아악!"

순식간에 창에 몸뚱이가 뚫린 이름 모를 어느 정파인의 처절한 비명.

"사파 놈들이 공격했다!"

"우우! 놈들을 모조리 쓸어버려라!"

"죽여라!"

"정파 놈들이 몰려온다! 단 한 놈도 살려두지 마라!"

"와아아아아아!"

차자자장.

이미 늦어버린 상황.

기름이 잔뜩 부어진 곳에 불화살이 날아왔으니 결과는 뻔하였다.

"아, 아미타불……."

이런 상황을 막기 위하여 소림에서 노구를 이끌고 나타난 도명. 하지만 예정된 운명은 막을 수 없었다.

"십팔나한들은 무림인들을 보호하라."

"명!"

어쩔 수 없이 내려진 도명의 명.

그 명에 뒤에서 품자 형태로 자리를 잡고 있던 소림의 전설적인 무승들인 십팔나한의 삼 인이 자리를 박찼다.

"부낭의 제사들은 사파 놈들로부터 정파인을 보호하라!"

"무림맹 무사들은 사파 놈들을 쓸어버려라!"

"악은 멸해야 하는 것. 청성 제자들은 한 치의 자비도 허락치 말라!"

"남궁세가의 창천검영대는 정파의 영령들을 보호하라!"

지금 이 상황에서 취할 수 있는 것은 오직 하나.

사파인과 정파인들 중 어느 한쪽이 모두 죽어나가야 끝날 상황이었다.

"푸하하하! 그럼 그렇지, 위선자들이 오래 참는다 싶었다. 혈해방의 전사들이여, 나가 싸우라! 오늘 정파 놈들의 피로 목욕을 하자꾸나!"

"모두 쳐 죽여라!"

“와아아아아아!”

자신들의 진형에서 먼저 창이 날아갔건만, 오직 나타난 결과만을 바라보는 사파인들.

우르르, 모두 자리를 박차고 달려나갔다.

차자자장!

“크아아악!”

“뒈져, 이 새끼들아!”

“가랏! 악의 종자들아!”

그리고 시작된 어느 봄날의 혈전.

순식간에 사천평의 너른 분지가 혈전장으로 변해 버렸다.

“컥.”

“……”

“세, 세상에……!”

마지막으로 새파란 비수를 들고 달려들던 놈의 심장에 검을 꽂아 넣자 인풍단원들이 입을 헉! 하고 벌렸다.

'산 전체가 놈들의 수중에 떨어져 있다. 그리고 들려오는 비명 소리로 보건대 이미 대규모 혈전이 벌어졌다!'

어느 정도 예상한 바지만 이리 빨리 전투가 벌어질지 몰랐다.

나름대로 명망 있는 무림 인사들이 있기에 무모한 사태는

막을 수 있을 것이라 생각했다.

파바밧.

"쫓아라! 놈들을 살려두지 마라!"

'이건 또 무슨 소리인가?!'

사방이 적들이건만 그 와중에서 낯선 자들의 음성이 들려왔다.

'마기의 기운이다! 그렇다면 이자들은!'

파바밧.

산 밑에서 튀어 올라오는 강력한 기운들.

신교의 무사들이었다.

"모두 몸을 숨기시오!"

좀 더 상황을 파악해야 했다.

정상에서는 혈무궁과 무림맹이 접전을 이루고 있었고, 산 아래에서는 정체 모를 집단이 천라지망을 형성하고 있었다.

그런데 정신을 차리기도 전에 신교 놈들의 기운까지 느껴졌다.

파밧.

내 명령에 신속히 나무와 바위틈에 몸을 숨기는 인풍단원들.

그들이 완벽하게 기척을 숨기는 것을 보자마자 바로 몸을 날렸다.

생각보다 무언가 복잡한 사연이 감추어진 비무대회.

단소소의 점괘가 불현듯 머리를 스치고 지나갔다.

차자장.

"악!"

혈무궁 순찰사자 하수옥은 비명을 지르며 검을 놓쳤다.

'이놈들은 도대체 어떤 놈들이란 말인가!'

순찰사자이자 고위급 신분이기에 무림의 돌아가는 정보를 훤히 알고 있는 하수옥.

그런 그녀도 모르는 복면인들.

단검을 비롯하여 수많은 무기들을 들고 있는 놈들은 정파와 사파, 심지어 신교의 무공도 사용하고 있었다.

"모두 죽여라!"

"와아아! 씨를 말려라!"

'빌어먹을!'

더욱이 귓가에 들리는 정상 부근의 엄청난 소음.

한바탕 혈풍이 불고 있음이 분명했다.

'혈천귀뇌! 도대체 무엇을 꾸민 것이더냐. 그리고 사부 당신도 무엇을 생각하시는 것이오!'

분노가 일었다.

정도에서는 사부인 혈황 궁천무극을 상대할 절대고수가 없었다.

기껏해야 백팔무왕을 비롯하여 걸왕 정도가 있었지만 그 정도로는 혈황을 상대할 수 없었다.

그렇기에 오늘과 같은 혈전이 예상되었더라면 사부가 나타나 쓸어버리는 것이 정상이었다.

그런데 정파인들처럼 비무대회나 즐기라는 고상한 명을 내린 사부의 혈천귀녀.

무언가 감춰진 비밀이 있었다

"흐흐흐. 죽이기에는 아까운 계집이군."

오른손에 부상을 당한 하수옥 주변으로 내려앉은 회색복 면인들.

"당주님, 그렇지요. 보기 드문 미모의 계집입니다."

"어차피 우리가 해야 할 일은 거의 끝났다. 흐흐. 잠시 유흥을 즐기는 것도 좋은 일이지."

"이, 이놈들! 내가 누군 줄 아느냐!"

놈들이 음탕한 소리를 지껄이며 다가오자 부상당한 손을 부여잡고 뒷걸음질 치는 하수옥.

그녀는 알고 있었다.

여기 있는 당주라는 자의 실력이 혈무궁 순찰사자인 자신보다 더 강하다는 것을.

“누구긴 누구야, 우리를 즐겁게 해줄 계집이지.”

“흐흐. 조금만 참거라. 극락을 구경시켜 주마.”

음탕한 미소를 짓는 자들.

어느새 나타난 자들의 숫자는 물경 이십 명.

그 모든 자들이 하수옥의 도발적인 몸을 바라보며 음탕한 눈길을 보내고 있었다.

‘이놈들은 정파 놈들이 아니다. 그렇다고 신교 놈들도 아니다. 도대체 누구란 말인가!’

개인적인 위난보다 이들의 정체가 더 궁금한 하수옥.

쉬익.

그 순간 허공을 갈라오는 낯선 소음.

“헛!”

무의식적으로 몸을 틀었다.

퍽!

“아악!”

하지만 하수옥의 몸에 작렬한 붉은빛의 지풍.

“혈천회풍지! 설마 네놈들이 사, 사사혈궁!”

몸을 틀며 보았던 붉은빛의 회전하는 지풍.

과거 삼백 년 전 천하무림을 피로 물들였던 사사혈궁의 대표적 무공 중 하나였다.

“흐흐흐……. 계집이 많은 것을 알고 있군.”

하수옥의 말에 시인하는 당주라는 자의 음침한 목소리.

"아……."

지풍에 마혈을 격중당해 움직이지 못하는 하수옥은 아득해지는 정신을 느꼈다.

지금 벌어지고 있는 모든 일이 사사혈궁에서 벌인 음모라면, 오늘 비무대회에 참석한 수만 무림인들의 운명은 장담할 수 없을 것이다.

"좋은 몸이구나. 흐흐흐."

대결 중에 잘려 나간 면사와 옷자락.

터질 듯 탱탱한 하수옥의 육신을 바라보며 당주라는 자는 끈적끈적한 목소리와 함께 손을 뻗어왔다.

스르륵.

그리고 느껴지는 뱀과 같은 구역질나는 손길.

쫘아아악!

"악!"

하수옥의 가슴을 가리고 있던 옷자락이 길게 찢겨져 나가며 풍만한 가슴이 밝은 태양빛에 드러났다.

꿀꺽.

그리고 들리는 침 넘어가는 소리.

와락.

하수옥의 머리채를 잡아 거칠게 바닥으로 쓰러뜨리는 당

주.

“클클클…….”

“호호호…….”

사사혈궁 고수들의 음침한 목소리가 짐승이 되어버린 당주와 하수옥 위에 쏟아졌다.

‘아…….’

혀를 깨물어 자결할 수도 없는 상황.

어릴 적 부모를 잃고 사부를 따라 혈무궁에 들어와 지낸 오늘날까지의 일들이 주마등처럼 스쳐 지나갔다.

찌이익.

어느새 하체의 옷자락까지 거칠게 찢겨져 나가는 차가운 느낌까지 멍하니 느끼면서.

‘화운룡.’

그때 생각나는 한 사람.

난주에서 만나던 짧은 인연이었지만 결코 잊을 수 없었던 화운룡이라는 남자의 미소.

그의 미소가 갑자기 미치도록 그리웠다.

또로록.

그리고 흐르는 눈물.

하수옥은 그저 이 순간이 서럽고 서러울 뿐이었다.

쉬이익.

"크악!"

그때 갑자기 들려오는 처절한 비명.

"웬 놈이냐!"

잠시 후 벌어질 질펀한 육체의 향연에 정신을 잃고 있던 사사혈궁 고수들이 급히 사방을 노려보았다.

"후후. 아직 해도 저물지 않았건만. 쯧쯧, 부끄럽지도 않소? 개도 아니고……."

어느새 나타난 한 남자.

무림맹 외단 소속을 나타내는 푸른 장삼을 걸치고 한 자루 평범한 철검을 손에 들고 있는 아름다운 미남자.

'화, 화운룡!'

처절한 비명에 억지로 눈을 뜬 하수옥은 볼 수 있었다.

난주에서 보았던 그 미소 그대로 얼굴에 웃음을 지으며 차갑게 사사혈궁 놈들을 바라보고 있는 그 남자를 말이다.

"쳐라!"

막 일을 치르려던 사사혈궁의 당주라는 자의 화난 음성.

쉭―

그 명에 대기하고 있던 이십여 명의 사사혈궁 고수들이 몸을 날렸다

그리고 그런 사사혈궁의 고수들을 향해 폭사되어 가는 푸른빛.

“켁!”

한 번의 빛이 번뜩일 때마다 한마디의 신음이 흘러나왔다.

막고 자시고 할 것도 없었다.

하늘을 나는 비천사처럼 영활하게 상대방의 숨통을 물어 뜯는 냉정한 검 한 자루.

차자자작!

비교할 수 없는 빠름과 힘으로 사사혈궁 고수들의 심장과 목을 찔렀다 빠지는 검.

콸콸콸.

“끄아아아악!”

검이 빠져나온 자리에서 핏줄기가 뿜어져 나왔다.

잔인하게 검이 아닌 검기를 뭉뚱그려 찌른 일수이기에 상처의 폭은 도저히 회생 불가능할 정도로 큼지막했다.

‘무신의…… 재림인가.’

누워서도 보이는 엄청난 화운룡의 신위.

하수옥은 그의 모습에서 삼황 위에 우뚝 서 있는 무신의 신위를 볼 수 있었다.

“컥!”

“이놈들이!”

‘이게 바로 전쟁이란 말인가!’

정신없이 검을 휘두르는 정파와 사파인들.

그중에서 오늘의 주인공이었던 영웅단과 혈무단 기재들의 혈투는 치열함의 양상이 달랐다.

수많은 이들이 지르는 비명과 함성, 단말마에 정신이 혼미해져 가는 자신을 느끼는 설수아는 터질 것 같은 충격을 맛보았다.

어릴 적 화산의 검을 잡을 때 설수아는 천하 악의 근본인 사파인들을 제입하고, 화신의 명예를 드높이는 정파의 여협객이 될 것이라 다짐하였다.

그리고 착실히 한 난세 한 난세 성취를 이루어 오늘날 정파 무림인들이 선망하는 영웅단원들이 될 수 있었다.

하지만 이런 처절한 광경을 보리라고는 상상도 못했다.

짧은 순간에 천여 명이 넘는 무림인들이 목숨을 잃었고, 발밑에는 축축이 누군가의 몸에서 흘러내린 피가 느껴졌다.

더욱이 난무하는 피와 살기에 눈이 뒤집어진 정파와 사파인들은 지옥 아귀가 되어 서로를 물어뜯기 바빴다.

정당한 비무를 통하여 정파인이 지켜야 할 자비와 품위는 지나가는 개와 바꾸어 버린 자들.

이곳은 정파인들이 정의를 실현하는 장소가 아니라 미친 지옥에 불과하였다.

'화산이 그립구나……'

멍하니 검을 들고 격전의 중심에서 눈물을 흘리는 설수아.

그녀의 여린 가슴은 이 순간 갈가리 찢겨져 있었다.

"죽어!"

그렇게 넋을 잃고 있는 설수아를 향해 날아오는 어느 사파 고수의 검.

"수아야!"

설수아의 할아버지 자운 진인의 놀란 외침.

쉬익.

퍽!

"커억!"

막 설수아의 목을 베어가던 사파인의 이마에 큼지막한 화산 장로의 검이 박혀 있었다.

짝!

"악!"

설수아의 뺨을 때리는 장로 자운의 매서운 손길.

"정신 차려라! 여기서 죽고 싶더냐!"

자운은 아직 쓰러지지 않은 채 서 있는 사파인의 머리에서 검을 뽑으며 설수아를 차갑게 나무랐다.

"흑흑. 할아버지……"

자운을 발견하자 이내 눈물을 흘리는 설수아.

"살아야 한다. 이곳은 무림이다. 죽고 싶지 않으면 검을 휘둘러라! 그래야 살 수 있다!"

비정한 무림을 말하는 자운.

"네……. 알겠어요. 살겠어요. 수아는 반드시 살아남겠어요."

정신없이 고개를 끄덕이며 설수아는 검을 치켜들었다.

그리고 그 순간 문득 한 남자의 모습이 생각났다.

화산에서 언제나 개구쟁이 같은 미소를 짓다가 어느 날 차갑게 변한 한 남자.

그 남자의 입술에 걸린 메마른 미소가 무엇을 의미하는지 이 순간 설수아는 깨달을 수 있었다.

'화운룡, 그랬군요. 당신은 저보다 먼저 무림을 보았군요.'

이제야 이해가 갔다.

설수아가 사파인들과의 혈전에서 비정 무림을 보았다면, 화운룡은 무림맹에서 비정 무림을 보았던 것이다.

더 처절하고 아픈 상처를 화운룡은 견뎌왔던 것이다.

'보고 싶어요, 화운룡……. 당신이 그리워요.'

그리고 하나 더 깨달은 설수아.

무섭고 두려운 이 순간 생각나는 것은 오직 화운룡의 넓은 품 하나뿐이라는 것을 말이다.

‘허어, 이 무슨 난리란 말인가.’

피가 튀고 비명이 난무하는 혈전장에서 화산학선 자운 진인은 씁쓸한 미소를 지었다.

막을 틈도 없이 벌어진 혈전에서 자신의 손에 죽은 수십여 명의 사파인들.

신교 발호 때도 자운은 이런 격전을 치르지 않았었다.

그저 화산에서 검과 글을 벗 삼아 살아왔던 세월.

갑자기 모든 것이 허망하고 부질없다는 생각이 들었다.

쉐에에엑—

하지만 그 생각도 잠시,

자신을 노리고 달려드는 검을 쳐내야 했다.

쉬익.

그리고 뿌려지는 비정한 한수.

“켁!”

이어 귓가로 들리는 익숙한 비명.

이순간 자운 진인은 화산의 장로도 무림에서 존경받는 화산학선도 아니었다.

그저 피에 굶주린 한 마리 늑대.

그 이상도 그 이하도 아니었다.

‘도대체 어떻게 돌아가는 것인가!’

아무리 개인적 무력이 강하다 하더라도 한 손바닥으로 하늘을 가릴 수는 없다. 하지만 아무리 내 무력이 강하다 하더라도 커다랗게 펼쳐진 음모를 단 시간에 파헤칠 수는 없었다.

콩닥콩닥.

그 와중에서도 내 장포를 입고 가슴에 안겨 있는 여인의 심장은 거칠게 뛰고 있었다.

"사사혈궁이 나타났어요."

복잡한 심사로 인풍단원들이 숨어 있는 곳으로 가는 순간 들려오는 개미 같은 목소리.

구궁!

하지만 그 작은 목소리가 이 순간 천둥소리처럼 커다랗게 울렸다.

"다시 말해보시오. 방금 그자들이 사사혈궁 놈들이란 말이오!"

나도 모르게 크게 소리쳤다.

"네……. 사사혈궁 놈들이에요."

내 목소리에 놀라 커다란 눈을 껌벅이며 조심스럽게 대답하는 여인.

'이, 이럴 수가! 그럼 난주에서 우리 상단을 노렸던 자들이 바로 사사혈궁 놈들이란 말인가!'

생각보다 엄청난 사건이었다.

자광 장로도 두려워했던 삼백 년 혈사의 주인공인 사사혈궁.

그런 그들이 삼백 년 만에 나타났다는 것은 엄청난 대사건이었다.

'그렇다면 지금 벌어지고 있는 일들도 모두 사사혈궁의 짓!'

답이 내려지자 모든 상황이 하나둘씩 꿰맞추어졌다.

비록 모든 것들을 완벽하게 상상할 수 없었지만 대충의 윤곽이 잡혀간 것이다.

'위험하다! 모두 다!'

그리고 드는 끔찍한 생각.

사사혈궁이 삼백 년을 숨죽이고 살았다면 그 잠재된 파괴력은 상상을 불허할 것이고, 그 파괴력은 오늘 무림에 재앙을 가져올 것이 분명했다.

'차도살인지계! 정파와 사파 간에 격돌의 장을 만들어 서로를 상잔하게 만든 다음, 조호이산의 계책을 펼쳐 잠자코 있던 신교를 끌어들인다. 아! 그리되면 무림은 걷잡을 수 없는 혼란 속에 서로를 죽이고 죽일 것이다!'

생각만 해도 무서운 상황.

오늘 내가 본 것들로만 판단해도 무서운 계책들이 이곳에 숨어 있었다.

‘막아야 한다! 모두를 죽게 만들 수는 없다!’

더욱이 지금 산 정상에는 나와 선연을 맺은 이들이 있었다. 그뿐만 아니라 아무 죄도 없이 끌려 다니는 수만 무림인들.

그들이 비록 아침 이슬처럼 사라질 무인의 운명을 짊어지고 산다 하지만, 이렇게 허망하게 죽을 수는 없었다.

“모두 나오시오!”

산 정상으로 달려가는 신교 무리들을 피해 숨어 있던 인풍단원들을 불러내었다.

“무슨 일이에요! 그, 그리고 그 여인은 누구예요?”

내 부름에 귀식대법으로 숨어 있던 인풍단원들이 속속 나타났다.

내 품에 안긴 여인의 모습에 놀라 묻는 단소소.

“거대한 음모가 있소! 속히 달려가서 그들을 말려야 하오!”

“무슨 음모요? 그리고 무엇을 말려요?”

다급히 묻는 단소소.

“이 여인을 부탁하오.”

단소소의 물음에 답할 시간이 없었다.

그런 까닭에 품 안의 여인을 단소소에게 넘기고 자리를 박찼다.

“단주님! 무슨 일이냐니까요!”

산 정상을 향해 정신없이 몸을 날리는 화운룡을 향해 힘껏 소리쳐 묻는 단소소.

하지만 이미 화운룡의 신형은 저 멀리 사라지고 난 뒤였다.

'뭐야, 저 넋 나간 불여우는!'

그리고 화운룡에게서 여인으로 시선을 돌리던 단소소는 약이 바짝 올랐다.

아직까지 화운룡의 품에 한 번도 안긴 적이 없건만 저 불여우가 안겨서 나타났다.

더욱이 화운룡의 체취가 물씬 풍겨 나오는 장포를 입은 채 멍하니 화운룡의 뒷모습을 바라보는 여인.

예뻤다. 거기에다가 언뜻 보이는 속살과 몸매는 단소소가 충분히 부러워할 몸매였다.

"소저는 누구세요? 그리고 지금 무슨 일이 펼쳐지고 있는 건가요?"

단소소가 감정이 담긴 목소리로 여인에게 질문을 던졌다.

"그, 그게……."

하지만 막상 자신의 위치를 말하기가 애매한 하수옥.

무림맹 외단 무사들의 복장을 하고 있는 이들에게 자신이 혈무궁 순찰사자라는 신분임을 밝히면 퍽이나 좋아할 거라는 생각이 들었다.

또한 화운룡과 약속했다.

화운룡이 말하기 전에 절대 사사혈궁이라는 말은 입 밖에 내지 않겠다고 말이다.

"신교가 나타났다!"

"모두 멈춰라! 신교가 쳐들어왔다!"

"……."

한참 치열함을 더해가는 사천평의 혈투.

반 시진의 시간밖에 흐르지 않았건만 벌써 수천 명의 사상자가 생겨났다.

그런데 들리는 커다란 외침.

정파 무림인으로 보이는 자들이 놀라 달려오며 신교가 나타났다고 소리쳤다.

그 소리에 모두들 결투를 멈추었다.

파바바바밧!

그리고 백의를 입고 달려오는 자들의 말이 끝나기 무섭게 산 밑에서 올라오는 수천의 인영들.

"시, 신교다!"

"으으으! 신교가 나타났다!"

나타난 자들의 가슴팍에 새겨진 일월의 선명한 문양을 보고 비명을 지르는 사파인과 정파인들.

방금 전까지 서로를 향해 무기를 휘두르던 모습은 어디로 가고, 일제히 신교 고수들을 향해 몸을 돌렸다.

그만큼 신교는 무림인들에게 공포와 경외의 대상이었다.

"일월현신! 만마앙복!"

그리고 들려오는 끔직한 외침.

중원을 피로 물들였던 신교가 삼십여 년 만에 또다시 세상에 나타난 것이다.

"오오……. 세상에!"

"신교가 나타나다니!"

속속 나타난 신교 고수들이 차갑게 자신들을 노려보자 주춤주춤 뒤로 둘러나는 사파와 정파인들.

지금 이 순간 적과 나의 구분이 없었다.

오직 적이 있다면, 담담한 살기를 뿌리며 사천평에 재림한 신교가 있을 뿐이었다.

"모두 무기를 버리고 투항하라! 그리고 위대한 만마의 주인이신 일월현신에 경배하라! 너희들이 살 길은 오직 그뿐이다!"

광오한 외침을 터뜨리며 허공에 두둥실 몸을 띄우며 나타난 한 남자.

그자는 능공허도의 전설상의 경지를 보여주고 있었다.

"아미타불……. 신교가 나타나다니. 아, 무림의 평화가 이제 끝난 것인가……."

불장에 진득한 핏물이 물든 채로 불호를 외우는 도명 대사.

그 탄식과 함께 뭇 무림인들은 숨을 죽였다.

한눈에 보아도 모두가 일류고수의 신위를 보이는 신교 고수들.

모든 무림인들이 눈치를 보았다.

정파와 사파 간의 결투와는 또 다른 결투.

신교는 투항하는 자에게는 생명을 주었지만 반항하는 자들에게는 철저히 죽음을 내렸다.

"쳇! 네놈들이 인제직 신교더냐! 그리 인 해도 아직 몸이 덜 풀렸는데 한판 떠보자꾸나!"

"그렇소이다! 신교에 당한 선조들의 원혼을 갚읍시다!"

혈해방 방주 종염극의 말이 끝나기 무섭게 청성의 장로가 힘껏 외쳤다.

지금 신교가 제아무리 고수가 많다 하더라도 숫자로 보나 전력적으로 보나 사파와 정파 고수들을 당하지 못할 것 같았다.

"종 방주! 신교를 물리치는 데 협력합시다."

"좋소! 오늘은 신교를 물리치는 것으로 마무리합시다!"

방금 전까지 일수를 교환하던 도명의 제안에 고개를 끄덕이는 종염극.

"와아아아! 신교 놈들을 중원에서 몰아내자!"

"선조들의 원한을 갚자!"

갑자기 결성된 사파와 정파 연합군.

이곳에 모인 모든 무림인들치고 신교와 원한이 없는 이가 없었다.

그 정도로 신교가 삼십여 년 전에 저질렀던 만행은 처절하였다.

"크하하하하! 좋다. 권주를 마다하고 벌주를 원하는 데 아니 들어줄 수 없지. 쳐라! 단 한 놈도 살려두지 마라!"

"존명!"

허공에 떠 있는 신교 대외총사 혈마진검 구백동의 명령.

이에 이천 신교 고수들이 움직였다.

저벅저벅.

빠르지도 않은 걸음으로 압축해 오는 신교 고수들.

주춤주춤.

이에 호기 대신 몸을 사리며 공포의 본능에 뒤로 몸을 빼는 무림인들.

하지만 갈 곳이 없었다.

뒤편은 천장단애의 절벽이었기에.

"호호호. 진정한 신교의 무서움을 보여주마!"

진퇴양난에 빠진 무림인들의 귀에 들리는 신교 우두머리

의 사이한 괴소.

생겨먹은 모습은 서생 같은 자가 신교 고수들을 지휘하는 자라는 것이 믿기지 않았다.

"깨어나라! 신교의 자식들이여! 여기 너희들과 함께 저승길을 함께 할 가엾은 영혼들이 있도다! 모두 잠에서 깨어 강림하라! 만마앙복! 일월현신!"

두 팔을 벌려 주술 같은 말을 지껄이는 혈마진검 구백동.

콰지직!

그 말이 끝남과 동시에 무림인들과 신교 고수들의 중앙에 위치한 대지가 쩌억! 갈라지며 수십 개의 물체들이 나타났다.

아니, 그것은 사람의 모습을 하고 있는 시체였다.

"허억! 저, 저것은!"

"오오오오! 혀, 혈마강시다!"

무림 지식이 해박한 이들의 입에서 터져 나오는 비명.

혈마강시.

신교와 언제나 함께했던 신교의 강시.

살아생전 삼 갑자 이상의 고수들의 시체를 천 일간 영혼대법과 사이한 술법으로 만들어낸 강시들의 제왕.

어느새 신교 놈들이 치밀하게 사천평 분지 밑에 묻어두고 있었던 것이다.

"크하하하하! 두려워하라! 진정한 공포는 이제부터이니!"

사악하기 그지없는 구백동의 음성.

마기가 잔뜩 낀 그의 저주 섞인 목소리에 온 무림인들은 머리칼이 쭈뼛 서는 것을 느꼈다.

"살려주시오! 투항하겠소!"

"목숨만은 살려주십시오!"

"만마앙복! 일월현신!"

그 순간, 공포에 얼어붙은 수십여 명의 사파인들이 몸을 날려 신교에 투항하였다.

머리를 조아리고 만마앙복을 외치는 이들.

콰직.

"끄아아악!"

하지만 그것은 어리석은 행동이었다.

온몸이 진물과 고름으로 뒤덮인 저주받은 생명체 혈마강시가 그대로 그들의 몸을 찢어 죽여 버렸다.

촤아아악!

생으로 찢겨진 사람의 육신.

피와 내장들이 한꺼번에 허공에 분사되었다.

"키키키키키키키……."

따뜻한 피가 자신들의 육신에 닿자 지옥의 괴소를 흘리는 혈마강시.

흰자위도 사라진 곪아 터진 눈동자로 무림인들을 향했다.

쉬이익—

혈마강시는 무기도 없이 두 팔을 휘두르며 엄청난 속도로 달려갔다.

저승길을 함께할 지옥의 동무를 찾아서.

"크아악!"

처절한 비명이 귓가에 들렸다.

그리고 느껴지는 마기가 섞여 있는 사이한 기운들.

십 장만 뛰어오르면 분지였다.

팟!

있는 힘껏 대지를 박찼다.

그리고 날아오른 몸.

십 장을 넘어 허공에 몸을 띄웠다.

"이, 이놈들!"

그리고 보이는 지옥의 향연도.

보였다.

수백 명의 무림인들이 강시들에 의해 처절한 비명을 지르며 몸이 찢겨 나가고, 찢겨 나가는 광경이!

'모두 죽여주리라!'

내 양심이 허락하지 않는 신교의 악행.

그들이 만들어낸 지옥을 무림에 다시 펼치게 만들 수 없었다.

그 누가 뭐라 해도 난 대화산이 만들어낸 검의 아들.

내 검이 그들을 용서치 않았다.

『화산지애』 6권에 계속…

장랑
행로
張郎行路

진패랑 新무협 판타지 소설
FANTASTIC ORIENTAL HEROES

세상을 떨쳐울릴 영웅에게 뼈를 깎는
고난의 계절은 필연!

살수인 아비로 인해 공동파의 하늘 아래 갇힌 장랑.
그리고 그에게 닥친 상상불허의 절세 기연,

『강호잡기총요(江湖雜技總要)』

강호에 떠도는 오만 가지 잡동사니가 총망라되어 있는 서적.
그리고 거기에서는 천하제일검의 검법도 한낱 허접한 잡기일 뿐.
자상한 사부의 배려 아래 끝없는 성장을 거듭하여,
마침내 세상 밖으로 나서는데…

잔혹한 운명에 굴강하게 맞서나가는 장랑의 행로에 가슴 두근거린다.

유행이 아닌 자유추구 -
WWW.chungeoram.com
Book Publishing CHUNGEORAM

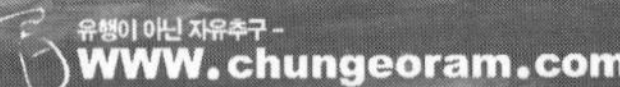

유행이 아닌 자유추구 -
WWW. chungeoram.com

초등학생이 반드시 읽어야 할 좋은 책 49권

각 학년별로 초등학생이 반드시 읽어야할 좋은 책을
선정하여 통합논술의 기본이 되는 '올바른 독서법'을
일깨워 줍니다.

교과서와 함께하는 초등학교 통합논술

초등1학년 | 값 12,000원 / 초등2학년 | 값 9,500원 / 초등3학년 | 값 11,000원 / 초등4학년 | 값 9,500원 / 초등5학년 | 값 9,500원 / 초등6학년 | 값 11,000원

♣ 혼자 할 수 있어요.

엄마가 책 읽는 방법을 가르쳐 주어도 좋아요.
독서지도하는 선생님이 가르쳐 주어도 좋답니다.
"초등 교과서와 함께하는 **통합논술 시리즈**"는
아이 스스로 독서할 수 있도록 꾸며진 책이에요.
엄마와 선생님은 요령만 가르쳐 주시면 된답니다.

♣ 교과서의 중요한 내용이 총정리되어 있어요.

각 학년별로 중요한 교과 내용이 함께 수록되어 있어요.
초등학생은 교과서 내용을 충실하게 공부해야 합니다.
아울러 그와 병행한 독서가 대단히 중요하지요.
"초등 교과서와 함께하는 **통합논술 시리즈**"는
두 가지 방법 모두 일러준답니다.

♣ 이 책은 훌륭하신 선생님들이 함께 쓰신 책이랍니다.

동화작가 선생님들이 쓰셨어요. 소설가 선생님도 쓰셨답니다.
국어 논술독서지도 선생님들도 함께 쓰셨지요.
"초등 교과서와 함께하는 **통합논술 시리즈**"는
엄마의 마음으로 모든 선생님들이 함께 꾸민 책이랍니다.

입소문을 통해 아는 분은 다 알고 계십니다!
올 한해 공인중개사 최고의 화제작!

1~2권 합본 | 이용훈 지음
3~4권 합본 | 이용훈 지음
5~6권 합본 | 이용훈 지음
용어해설 | 이용훈 지음

수험생 기본 필독서
만화 공인중개사

제목 : 만화공인중개사 쓰신 분에게 감사드립니다.

학원을 두 달 다녔어요. 근데 과연 그 숫자 외우기 그런 게 몇 문제나 나올까 생각을 했어요.
아니라는 생각이 드네요. 학원강의를 뒤로하고 서점을 갔어요. 내 머리에 가장 이해될 수 있는
책이 없나 하구요. 거기서 만화를 발견했어요. 무조건 세 번 봤어요. 3개월 걸렸어요. 문제집을 보라고
했는데 그건 시행을 못했어요. 근데 합격을 했네요.
어떻게 감사의 말을 해야 될지…….
도서관에서 만화책 들고 다니니까 사람들이 비웃더라구요. 만화책으로 공인중개사를 공부한다고
미친 사람처럼 보더라구요. 근데 그거 다 감수하고 했던 내가 자랑스럽습니다.
어떻게 감사의 말을 해야 할지… 정말 감사합니다.
부디 행복하세요. 제 나이 41살에 좋은 스승을 만난 것 같습니다.
엎드려 감사드립니다.

-본사 홈페이지에 독자분이 올린 메일 中 에서 발췌-